http://www.bbulmedia.com

http://www.bbulmedia.com

BBULMEDIA FANTASY STORY 김지환 현대 판타지 소설

FINAL MYTHOLOGY

파이널 미솔로지

① 종말

뿔미디어

※이 글 속에 나온 인명, 지명, 단체명은 허구이며 실제와는 연관이 없음을 알려드립니다.

CONTENTS

작가의 말 *6

1. 세상의 끝 *9

2. 데드워커 *37

3. 에딤무(Edimmu) *63

4. 정착 *85

5. 나이트곤(Night-Gaunts) *115

6. 수확 *143

7. 뱀파이어 *179

8. 안식으로의 산책 *217

9. 지옥의 만찬 *247

10. 아르카나, 디프원 *289

작가의 말

20세기 최고의 환상 문학 작가 러브크래프트에게 이 글을 바칩니다.

스티븐 킹을 비롯한 수많은 작가들이 존경의 마음을 표하는

하워드 필립스 러브크래프트(1890—1937)

그는 스스로 만들어 낸 세계관, 즉, 이후 20세기 신화로 불리게 되는 그 모든 것에 대한 저작권을 포기하고 모든 후진 작가들에게 개방합니다.

이는 물론 당시 러브크래프트의 동료들과 후진 작가들이 그에 대한 존경과 친분의 표시로 그의 세계관이나 등

장인물, 등장한 사물 등을 자신의 작품에 등장시켜 왔고 그 자신도 그에 답하며 후진들의 창조물을 자신의 작품에 등장시키던 평소 그의 활동과 성품 때문이었습니다.

이후 수많은 동료와 후진 작가들은 러브크래프트에 대한 사랑과 존경심을 담아 독자적으로 자신의 작품 속에서 러브크래프트의 세계관을 전개해 나갔고, 본래 러브크래프트 본인은 어떤 개별적인 신화로서 세계관을 창조한 것이 아니라 각각의 단편집에 따로따로 등장시켰을 뿐이다 보니 자유로운 수많은 해석과 각색들이 이어졌습니다.

그리고 이러한 것들은 그의 사후에도 계속되었고, 현재 그렇게 이어져 온 크툴후 신화는 세계 각국의 작가와 각종 분야의 팬들에게 계승되었고 지금에서는 영화와 소설, 만화와 게임에 이르기까지 다양한 나라, 다양한 장르에서 크툴후 신화의 흔적을 찾을 수 있습니다.

(우리나라에서 찾을 수 있는 비교적 유명한 크툴후 신화 등장 작품은 정식 만화와 소설로 발간된 퇴마침 시리즈가 있습니다.)

이미 제 첫 출판작인 [마왕성 근무기]에서 크툴후와 요그 쇼토스라는 이름을 살짝 등장시킴으로서 러브크래프트에 대한 존경을 표시했었지만 이번 글 [파이널 미솔로지 FINAL MYTHOLOGY] 또한 그 이름에서부터 알 수 있듯이 20세기 신화라 불리는 이러한 크툴후 신화에 대한 존경의 의미를 담고 있습니다.

등장하는 소재들 중 단지 이름을 제외하고는 완전히 다른 내용도 많을 터라 크툴후 신화를 좋아하는 분들에게는 부족해 보이는 부분이 많겠으나, 애초에 크툴후 신화 자체가 어떤 확실한 뼈대나 설정을 가지고 있는 것이 아니며, 제가 크툴후 신화를 등장시킨 것은 위대한 작가인 러브크래프트에 대한 존경의 표시인 오마쥬이자 이것이 등장하는 다른 신화들과 마찬가지로 대중적인 소재이기 때문이지 충실한 재현을 위함이 아니기에 이해해 주실 거라 믿습니다.

강원도에 있는 한 작은 산골.

십여 년 전 정부에서 댐을 건설하겠다며 주민들을 전부 이주시켰던 그곳에는 지금 댐, 아니, 그 비슷한 것도 없었다.

댐 공사에 측정되었던 예산은 누군가의 주머니로 들어갔고, 언론은 이 문제를 다루지 않았다. 얼마 전 관련자들 중 몇 명이 처벌받기는 했지만 그 수가 턱없이 적은 것도 사실이었다.

하지만 어찌 되었든 이제는 아무래도 상관없어졌고 아무도 그 이름을 기억하거나 그곳을 추억하는 이는 없었다.

그런데 어째선지 그 산골 폐교에는 지금 한 무리의 사람들이 모여 있었다. 스무 명 남짓한 그들의 얼굴은 모두 어둡고 서로에 대한 조그마한 친분도 없는 듯 말 한 마디, 눈길 한 번 마주치는 것도 없었다.

그들은 그저 가만히 땅을 내려다보고 있거나 낡아 빠진 폐교를 둘러볼 뿐이었다.

"……그럼 모두들 들어가시지요."

검은 정장에 왼쪽 어깨에 하얀 띠를 두른 두 사내가 폐교를 가리키며 말했다. 그들의 목소리는 차분했으며 말투는 정중했다. 그러나 그것은 단지 장례식에서나 들을 수 있을 그러한 어두운 정중함이었다.

이들은 사실 어떤 회원제 자살 모임이었다.

이름을 자주 바꿔 왔고 소규모로 정해진 인원만 정확히 모집해 철저한 매뉴얼을 따라왔기 때문에 이번이 벌써 세 번째 세레머니임에도 작은 꼬리조차 잡힌 적이 없었다.

"……."

사람들은 그들의 안내를 따라 말없이 걸음을 옮겼다. 삐그덕 삐그덕 썩은 나무판자가 내는 소리는 사람들이 걸음을 옮길 때마다 그 뒤를 따랐다.

"걸으실 때는 조심하십시오. 쓸데없는 고통을 늘릴 필요는 없을 테니까요."

검은 정장의 두 사내는 사람들을 오른쪽 두 번째 교실로 안내했다.

이미 반을 나타내는 현판들은 떼어져 있었다. 아마도 폐교되기 전에 점점 줄어 가는 학생들로 굳이 학년이나 반을 나눌 필요가 없어졌기 때문이리라.

깨진 유리창과 떨어져 내린 칠판, 수북하게 쌓인 먼지들. 마지막을 맞이할 곳 중 이곳만큼 안 좋은 곳이 있을까 싶었다.

"……."

몇몇 사람들의 얼굴에 불쾌감과 실망감이 스쳤지만, 굳이 입 밖으로 내는 사람은 없었다. 다른 사람들에게 감정의 동요를 일으킬 만한 그 어떤 행동도 하지 않겠다는 사전 약속 때문이었다.

그러나 두 사내는 그런 그들의 감정 변화를 알아차리고는 재빨리 덧붙였다.

"걱정 마십시오. 여기는 단순한 대기실에 불과합니다."

"물론 완벽하지는 않겠지만 2층 다른 교실들은 여러분께서 희망하신 방식에 맞게 최대한 꾸며 놓았습니다. 최후의 만찬. 단절. 안식의 밤. 여러분이 희망하셨던 그대로 말입니다."

사내들은 품 안에서 종이들을 꺼내 들더니 이내 사람들

에게 나눠 주기 시작했다.

"다만 보시다시피 장소가 그리 많지 않기 때문에 미리 공지했던 대로 희망하신 방법이 같은 분들은, 고독을 제외하시고는 같은 교실에 들어가셔야 합니다."

"모두들 같은 이유로 이 의식에 참여하셨으니 그 정도는 이해해 주실 거라 여깁니다."

사람들은 말없이 고개를 끄덕였다.

"자, 그럼 모두들 나눠 드린 장소로 가시면 됩니다. 안전을 위해 절대 뛰지 마시고 계단은 중앙 계단만 이용하십시오."

"순서에 따라 저희가 교실을 찾아갈 것입니다. 그러면 그때 의식을 시작하시면 됩니다. 다만 같은 교실에 한 분이라도 마음이 변하시거나, 망설이신다면 의식을 진행하지 않을 것입니다. 마지막까지 순서를 기다리시고 그 후에 선택하시면 됩니다. 돌아가시겠다고 생각하신 분들은 교실에서 나와 버스로 가신 뒤 나중에 저희와 함께 떠나시면 되고 의식을 하겠다 선택하신 분들만 저희가 도와드리겠습니다."

사람들은 하나둘 교실을 나와 2층으로 향했다.

"……."

그리고 잠시 후 교실에는 정장을 차려입은 두 사내와

또 다른 한 명만이 남게 되었다.

가방을 맨 작은 키에 왜소해 보이는 남자였는데 다른 이들과는 어딘가 조금 달랐다. 이질감을 줄 만한 그런 것은 아니었지만, 확실히 그의 눈은 다른 이들과는 달랐다.

다른 이들의 눈동자가 어두운 불안과 체념으로 그 빛을 잃어가고 있다면, 그의 눈은 분명 뭔가 다른 불안으로 흔들리고는 있었지만 그 빛만은 잃지 않고 있었다.

물론 모든 자살 희망자나 혹은 범죄자 또는 그와 비슷한 이들의 눈이 흐리멍텅하거나 탁한 것은 아니다. 오히려 그들의 눈이 다른 이들보다 훨씬 빛날 수도 있다. 실제로 사기꾼들에게 속는 사람들 중 많은 이들이 그들의 말이 아닌 눈빛에 속지 않았는가.

그러나 여기 있는 이들은 다르다. 이곳을 선택한 이들은 모두 자살조차 스스로 선택하지 못해서 남의 도움을 청한 이들이다. 자신에 대한 확신도 없고 특정한 신념도 가지고 있지 않으며 의지적인 면에서는 아이처럼 나약하다.

그런 이들의 눈은 백이면 백 탁하고 빛을 잃는다. 특히나 여기까지 왔다면 말이다. 그런데 지금 두 사람 앞에 있는 이 사내의 눈은 그 빛을 여전히 잃지 않고 있었다.

"그러니까…… 이진강 씨였지요?"

정장의 남자 중 하나가 메모지를 꺼내 들었다.
"그렇습니다."
"여기 보면 희망하시는 방식이 조금 특이하시네요. 음, 가장 사람이 많은 방법……이라고 쓰셨군요."
"네. 맞습니다."
"실례가 되지 않는다면 이유를 말씀해 주시겠습니까?"
"이봐!"
동료의 질문에 다른 사내가 급히 끼어들었다.
"그만해. 우리가 상관할 게 아니야. 우리는 희망하시는 바를 최대한 들어드리면 되는 거라고."
부드럽지만 강한 그 만류에 질문을 던졌던 이는 곧바로 자신의 질문을 철회했다.
"……죄송합니다."
"아뇨, 괜찮습니다."
"그럼 가장 많은 방법이…… 목을 매는 거군요. 대부분의 분들이 택하셨네요."
그는 사내에게 작은 메모지를 건넸고, 사내는 메모지에 쓰인 교실로 걸음을 옮겼다.

2층 한 교실 안, 새하얀 천이 깔려 있는 기다란 식탁과 그 위에 차려져 있는 음식들. 사람들은 저마다 자리에 앉아 묵묵히 음식을 입으로 가져갔다. 하지만 그것에 삶을 이어 가기 위함은 없었다. 그저 비참함에 또 다른 양념을 더하고 있을 뿐이었다.

"……최후의 만찬 치고는 좀 부족한 것 같군요."

이 폐교에 들어온 뒤 정장의 두 명을 제외하고는 처음으로 들린 다른 이의 목소리에 교실에 있던 이들은 모두 한 곳으로 시선을 모았다. 목소리의 주인은 조금 전 마지막까지 1층 교실에 남아 있었던 그 왜소해 보이는 사내였다.

그리고 잠시간의 침묵 후, 또 다른 이들이 입을 열었다.

"뭐 어쩌겠어요. 이런 산골까지 제대로 된 음식을 가지고 오는 건 힘들 테니까요. 거기다 솔직히 우리가 낸 돈으로 이 정도면 만족해야죠."

"……맞는 말이에요. 또, 잘 먹고 힘내서 해야 하는 일도 아니고요."

건장한 청년과 다 낡은 정장을 차려입은 중년의 남성. 그들의 목소리에는 억지스런 쾌활함이 묻어 있었다.

특히나 첫 번째 청년의 경우는 필사적으로 숨기려 하고 있었지만 그 말끝은 미세하게 떨리고 있었다.

"하긴, 그렇군요. 그건 그렇고, 서로 소개라도 하는 게 어떨까요? 저는 이진강이라고 합니다."

세상의 끝 17

"아, 저는……."

"잠깐만요."

청년이 자신의 이름을 소개하려고 하는데 식탁 맨 끝에 앉은 까다로워 보이는 아가씨 한 명이 말을 잘랐다. 한눈에 보기에도 사나워 보이는 이 여성은 보는 이로 하여금 곧바로 눈을 돌리고 싶게 만들기 충분했다.

"우린 여기 친분 쌓으러 온 게 아니지 않나요? 괜히 귀찮은 일은 안 만들었으면 좋겠네요."

사람을 깔보는 어투. 그곳에는 사람에 대한 최소한의 존중도 없어 보였다. 거기다 그 눈은 마치 더러운 뭔가를 보듯 그와 다른 이들을 보고 있었다.

"……그렇군요."

강압적인 그녀의 태도에 진강은 한발 물러났다. 하지만 고개를 숙이는 그의 입가에는 씁쓸하지만 어딘가 어두운 미소가 한순간 떠올랐다가 사라졌다. 그리고 불행히도 그것이 그녀의 눈에 띄었다.

"그 웃음은 뭐지요?"

"네?"

"그 기분 나쁜 웃음은 뭐냐고요! 날 비웃는 거예요?"

"아니, 아니에요. 그냥 버릇이니 크게 마음에 두지 마세요."

"그걸 지금……!"

쾅!

그녀의 언성이 커져 갈 때 다른 누군가가 식탁을 내려쳤다. 그는 족히 보통 사람의 두 배는 되어 보이는 사내였는데 그의 앞에는 다 비운 접시가 벌써 3개나 쌓여 있었다.

"그만하시죠. 여기 와서까지 언성을 높일 이유 같은 건 없잖습니까?"

그의 목소리는 그의 외형에 비해 필요 이상으로 맑고 고왔다.

"흥! 무식하게 힘부터 쓰는 건가요? 이래서 남자들이란……."

그녀는 이제 타겟을 돌려 교실 안 모든 남자들에게 적대감을 드러냈다. 그리고 그녀의 그런 행동에 지금까지 잠자코 있던 교실 안 다른 여자들이 입을 뗐다.

"저기요!"

그녀만큼 젊지만, 그녀와는 달리 사람들의 시선을 모으는 한 여성이 자리를 박차고 일어났다.

"같은 여자 망신시키는 건 그 정도로 하지 그래요?"

"뭐, 뭐……?!"

"같은 여자 망신 좀 그만하라고요. 대체 그 태도는 뭐예요? 무슨 피해망상이라도 있어요?"

"피, 피해망상?!"

"그래요 피해망상. 애초부터 말하기 싫으면 그냥 조용히 있으면 되지 괜히 나서서 분위기 험악하게 만든 거잖아요. 대체 문제가 뭐예요?"

"하! 지금 니가 감히 날 가르치겠다는 거야? 이런 데나 찾아오는 너 같은 게?"

그리고 바로 그녀의 그 말에 교실 안 모든 이들이 격분했다.

"허어 잠깐. 그건 좀 심한 말 같은데?"

"그러는 당신도 똑같은 거 아니야?"

삽시간에 교실 안 분위기는 험악해져만 갔다.

처음에는 여인에 대한 다수의 비난이었지만 곧바로 서로를 향한 비난이 줄을 이었다. 그것은 지금까지 조금씩 쌓아 온 분노의 표출이었다.

이곳까지 이르게 만들었던 외부의 모든 것과 자기 자신에 대한 분노. 사람들은 저마다 이 기회를 핑계 삼아 그 모든 것을 뿜어내고 있었다.

"……"

진강은 가만히 상황을 지켜보았다. 이 상황에 그가 어떻게 할 방법 같은 건 애초에 없어 보였지만, 사실 그는 뭔가 하려는 생각도 없어 보였다. 마치 누구 장난감이 더 멋진지 싸우는 어린아이들 앞에서 주택담보 대출을 걱정하는 어른처럼 말이다.

"……!"

그리곤 이따금 뭔가 떠오른 듯 급히 시계를 내려다보길 반복했다.

그렇게 얼마의 시간이 지나고 소리를 들은 것인지 정장의 사내 중 하나가 교실 안으로 들어섰다.

"여러분 진정하십시오. 모두 진정하십시오. 이런 행동은 여러분뿐만 아니라 다른 분들의 세레머니에 아무런 도움도 되지 않습니다!"

몇 번 더 고함 소리가 나고 그제야 교실 안은 가까스로 안정을 되찾아 갔다.

"……잠시 안정을 찾으며 차례를 기다려 주십시오. 아직 몇 분 남았지만 곧 여러분 차례가 될 겁니다. 마지막 순간을 이렇게 보내서야 되겠습니까?"

"……"

"……"

저마다 자리에서 일어나 있던 이들이 다시 자리에 앉는 것을 보고서 사내는 이 교실을 나가 다른 교실로 들어갔다.

이 교실에 없는 이들은 정장의 두 사내를 제외하고는 대여섯 명. 대체 몇 명이 남았는지는 모르지만, 발자국 소리가 바로 옆 교실로 들어가는 것을 보아 시간이 얼마 남지 않은 것은 확실했다.

"……"

"……"

사람들은 이미 식어 버린 음식에는 더 이상 손을 가져가지 않았다. 대신 조금 전 상황을 떠올리며 서로를 노려보고 있을 뿐이었다.

"으아아악!"

갑자기 들려온 고통스런 비명 소리에 사람들은 반사적으로 몸을 일으켰다.

콰당!

"아아아아……"

그러는 와중에 조금 전 입을 열었던 육중한 체격의 남성이 중심을 잡지 못해 의자째로 뒤로 넘어졌지만, 사람들은 거기에 시선을 두지 않았다.

"으아! 으아아아!"

오직 옆방에서 아직도 들려오고 있는 끔찍한 비명 소리와 교실 여기저기를 내려치는 소리에 보일 리 없는 옆 교실 쪽만 하염없이 바라볼 뿐이었다.

그리고 잠시 뒤 뭔가 둔탁한 소리와 함께 사람이 쓰러지는 소리가 울렸다. 그리고 문이 열리는 소리와 함께 정장 사내 중 한 명의 목소리가 복도에 울렸다.

"걱정하지 마십시오! 독약을 선택하신 회원께서 너무 심하게 고통스러워 하셔서 사전에 부탁받은 대로 저희가 도와드린 것뿐입니다!"

하지만 이미 교실 안 사람들의 눈에는 불안과 공포라는 이름의 불길이 일렁거리며 춤을 추고 있었다.

아마 모르긴 몰라도 독약을 선택한 그는 뭔가 조용히 자면서 죽음을 맞이할 수 있는 그런 독약을 꿈꿨을 것이다. 칼에 찔리거나, 손목을 베거나, 목을 매는 그 어떤 방법보다 더 쉬울 거라 생각하며 선택했을 터였다.

하지만 무슨 의사나 약사, 화학자도 아니고 일반인이 별다른 의심이나 절차 없이 구할 수 있는 독극물이 뭐가 있겠는가? 아마도 농약 종류일 터였다. 그리고 그러한 농약을 마셨다면 그 고통이란 감히 상상할 수 없는 것일 터.

그 비명 소리. 그 발광. 그것을 들은 이상 쉽게 진정될 리 없었다. 사람들은 저마다 말없이 고개를 숙이거나 창밖의 먼 곳을 바라보았다. 그들은 동요를 숨기지 못했고 망설임은 그들을 집어삼켰다.

생명을 새삼 느끼는 순간이 언제인가? 행복한 순간?

연인과의 한때? 생명을 가장 강렬하게 실감하는 순간은 바로 죽음을 실감하는 순간이다. 마지막 숨을 내뱉는 바로 그 순간. 혹은 지금까지 웃고 떠들던 이의 몸에서 천천히 온기가 사라지는 순간. 언제 죽을지 모르는 전쟁터. 바로 그때 그곳에서 사람은 진정으로 생명을 느낀다.

죽음은 자칫 너무도 익숙해 잊어버린 생명이란 존재를 일깨우고 바로 그러한 생명은 죽음이 가진 무게와 색채를 더한다.

아무리 자신의 죽음을 선택하고 수십, 수백 번 떠올렸다고 해도 그것은 단순한 계산이고 생각일 뿐 결코 강렬한 현실감을 가지지는 못한다.

그러나 바로 옆방에서 그것도 이토록 처절한 비명 속에 이뤄진 죽음이란 실제로 직접 보는 것보다 더 강렬한 현실감을 주기 마련이었다.

그들은 방금 전 그들 자신이 초대했던 죽음이 낸 노크 소리를 들은 거였다.

부스럭. 부스럭.

"……."

옆방에서 다시 소리가 나자 사람들은 자연히 숨을 죽이고 귀를 기울였다. 뭔가를 바닥에 끄는 소리가 나더니 뭔가 물 같은 걸 쏟아붓는 소리가 들렸다. 그리고 뭔가 비닐 같은 것이 펄럭이는 소리가 들리더니 이내 다시 문소리가 나며 발자국이 가까워져 왔다.

드르르륵!

벌써 몇 번이나 열렸던 문이었지만 사람들은 그 소리에 순간 움찔했다. 이제 그들의 차례였다.

"오래 기다리셨습니다."

"조금 전 소음은 죄송합니다. 하지만 분명히 말씀드리는 것은 그것은 그분의 희망대로였음을 알려드립니다."

그렇게 말하는 사내의 옷자락은 붉게 물들어 있었다. 아마도 비닐옷 같은 걸 입고 있어서 몸에 튄 피는 막았지만, 손에 묻은 피가 흘러들어 간 모양이었다.

그들은 교실 뒤쪽으로 걸어가 종이 상자를 열더니 이내 새하얀 밧줄을 하나둘 꺼내기 시작했다.

"이제부터 밧줄을 나눠드리겠습니다. 매듭은 이미 매어 놓았으니 목에 걸고 있는 힘껏 당기시기만 하면 됩니다. 자르지 않는 한 풀 수 없으니 도중에 그만두실 수는 없습니다. 팁을 드리자면 한 번에 확하고 당기시는 게 좋습니다. 괜한 고통의 시간을 최대한 줄일 수도 있고 조금씩 천천히 하다가 중간에 마음이 바뀌어 버리기라도 하면 그야말로 비극이니까요."

두 사내는 사람들에게 밧줄을 나눠 주기 시작했다.

"물론 스스로 밧줄을 당기시기 힘드신 분들은 말씀해 주시면 됩니다. 그러시면 자리를 옮겨서 저희가 천장에 밧줄을 매어드리겠습니다. 다만 시간이 조금 걸릴 수는 있습니다."

"……."

"……."

그러나 밧줄을 다 나눠 받았음에도, 사람들은 그저 멀뚱히 손에 놓인 밧줄을 바라보고만 있었다.

몇 명 밧줄을 목에 거는 이들도 있긴 있었지만 쉽사리 당기는 이는 없었다.

"하아……."

정장의 사내들 중 한 명의 입에서 신음성 섞인 한숨이 흘러나왔다.

"죄송합니다. 저희가 좀 더 신경을 썼어야 하는데 괜히 불안감을 드린 것 같군요."

그들은 사람들을 향해 정중하게 고개를 숙여 보였다.

"……아무래도 지금 당장 진행하는 것은 무리 같군요. 조금 더 시간을 드릴 테니 곰곰이 생각해 보시길 바랍니다."

"만약 마음이 변하셔서 그만두시고 싶은 분이 계신다면 주저 없이 언제든 말씀하시면 됩니다. 저희는 여러분을 도우려는 것이지 살인을 하려는 게 아닙니다."

두 사내는 그렇게 말하고는 교실 문을 나서려 했다. 그런데

"굳이 나가서 기다리실 필요는 없지 않나요?"

가만히 시계를 내려다보고 있던 이진강이 그들을 붙잡았다.

"의자도 남는 것 같고 솔직히 딱히 밖에서 기다릴 데도 이제 없지 않습니까."

진강의 그 말에 두 사내는 서로를 바라보았다. 확실히 그의 말대로였다. 언제까지 기다리면 될지 정해진 것도 아니고, 정돈해 놓은 깨끗한 교실들은 이미 시체들이 놓여 있다. 이제 와 새삼 시체에 거부감을 가지는 것은 아니었지만, 그렇다고 계속 한 공간에 있는 것을 좋아할 리는 없었다.

"……어차피 이제 20분 정도밖에 안 남았고."

"……?"

속삭이듯 중얼거린 진강의 마지막 말을 제대로 들은 이는 없었다. 다만 아무것도 아닌 듯 다시 시계를 내려다보는 그 모습에 굳이 묻지 않을 뿐이었다.

교실에는 침묵이 내려앉았다. 자살 신청자들 사이에는 망설임과 불안, 공포가 서로의 손을 잡고 춤을 추고 있었

고 결국 교실 안에 남기로 한 정장의 두 사내는 어색한 듯 고개를 숙이고 있었다. 아마도 고민하고 있는 이들에게 괜한 부담을 주지 않기 위해 시선을 아래로 향한 거겠지만, 사실 그들의 존재 자체는 지금 여기 있는 이들에게 그다지 중요하지 않았다.

몇몇 이들은 밧줄을 목에 걸었다가 빼기를 반복했고, 몇몇 이들은 두 손으로 머리를 붙잡은 채 뭔가를 필사적으로 떠올리려 애쓰고 있었다. 몇몇 이들은 넋이 나간 듯 허공을 바라보고 있었으며 또 다른 이들은 그런 다른 사람들을 바라보며 가만히 앉아 있었다.

그러나 무엇을 어떻게 하고 있든 그들이 당장 죽음을 선택하기란 불가능해 보였다.

그리고 그러한 침묵 속에서 시간은 흘렀다.

5분. 10분. 15분.

마침내 진강이 말했던 그 20분이 다가왔고 시계의 초침이 정확히 12를 가리킨 그 순간.

콰과과광!

천둥소리? 아니, 조금 전 그 어디에도 벼락 같은 것은 떨어지지 않았다. 거기다 애초에 천둥소리와는 조금 달랐다. 마치 하늘이 무너지는 듯한 거대한 굉음은 천둥의 그것과 분명 닮아 있었지만 그 안에 담겨 있는 처절한 절규

와 영혼을 찢는 듯한 날카로운 비명은 결코 단순한 천둥소리라고 할 수 없었다.

또한 무엇보다 분명 밝은 대낮임에도 불과하고 방금 그 소리가 울려 퍼진 순간, 비록 찰나였지만 마치 칠흑 속에서조차 눈을 감아야만 볼 수 있을 그런 절대적인 암흑이 사방을 뒤덮었었다. 그런 것이 단순한 천둥일 리는 없었다.

"……?!"

"뭐, 뭐였죠?!"

사람들 또한 방금 전 들려온 괴음에 두려워했다.

"지, 진정하십시오. 저희가 확인해……!"

정장의 사내 중 하나가 동요를 막기 위해 자리에서 일어섰지만 그라고 해서 무슨 일인지 알 수 있을 리는 없었다. 그리고 바로 그때 가만히 시계만을 바라보고 있던 진강이 몸을 일으켰다.

"그것은 세상의 끝이었습니다."

그렇게 말하는 그의 목소리에는 참을 수 없는 비통함이 흘러넘치고 있었다.

"……예?"

한참이 지나고 나서야 사람들 중 누군가가 얼이 빠진 목소리로 입을 열었다. 방금 전 진강의 목소리에서 흘러나온 그 강렬한 비통함. 그것은 거대한 해일처럼 사람들이 그 속에 담긴 내용을 채 알아차리기도 전에 그들 전부를 집어삼켰었다.

하지만 시간이 지나고, 파도가 지나간 뒤 그 강렬한 격류에 그대로 집어삼켜졌던 그들은 이제 그 머리를 들어올리며 참았던 숨을 고를 수 있게 되었다. 이제 거대한 감정의 격류는 사라졌고 남은 것은 그것에 담겨 있던 말들뿐. 사람들은 그제야 진강의 말을, 자신들이 들은 그 말들이 어떤 것인지 제대로 알 수 있었다.

"세상의…… 끝……?!"

"예. 그렇습니다."

아까와는 달리 필요 이상으로 담담해져 있는 진강의 목소리.

"무, 무슨 말을 하는 거야?!"

"끝이라니? 뭐가?"

그 순간 일제히 사람들은 정신을 차린 듯 저마다 입을 떼었다.

이미 조금 전 그들을 집어삼켰던 여운은 사라져 있었다. 아마도 너무나 달라진 그 목소리가 조금 전 일을 그저 단순한 꿈처럼 느끼게 한 듯싶었다.

그저 꿈에서 깬 뒤 잊어버리면 되는 그 정도 것으로 말이다.

"말 그대로입니다. 조금 전 지금까지의 세상은 죽었습니다."

진강의 말에 저마다 이해할 수 없다는 눈으로 그를 바라보았다.

"대체 무슨 헛소리를 하는 겁니까?"

"하고 싶은 말이 있다면 제대로 말을 해 보세요!"

그리고 더러 그 시선을 검은 정장의 사내들에게 향하는 이들도 있었다.

"이거 설마 무슨 이벤트입니까? 자살하려는 사람들 모아 놓고 삶의 교훈이라도 주겠다는 거예요?"

교실 안은 다시 소란스러워졌고 사람들은 불안한 듯 목소리를 높였다.

사실 이성적으로 생각해 본다면 그저 단순히 이상한 인간이 멋대로 내뱉는 헛소리라고 생각하면 되는 일이었다. 실제로 일상생활 속에서도 언제나 심심찮게 듣고 있지 않은가. 지옥이 도래한다느니, 믿음 없는 자에게 신벌이 내린다느니 하는 거 말이다. 하물며 죽겠다고 모인 사람들이다. 그중에 한 명 정도 방금 전 같은 상황 뒤에 어떤 소리를 지껄인다 한들 과연 무슨 의미가 있겠는가.

"지, 진정하십시오 여러분! 방금 전 일들은 저희가 한

게 아닙니다!"

"진정하게 생겼어요?! 당신들이 약속했잖아요!"

하지만 그들이 그렇게 하지 못하는 것은 이유가 있었다. 그들은 본능적으로 느끼고 있었다. 설사 머리로는 이해하지 못해도 혹은 인정할 수 없다 해도, 분명 지금까지와는 뭔가 달라져 있었다.

조금 전 그 천둥소리 같은 그것.

그것은 결코 자연스러운 것이 아니었으며 진강의 말 또한 그저 나오는 대로 지껄이는 그런 것이 아니었다.

그는 두 정장의 사내에게 따지고 있는 자들을 애처롭게 바라보며 입을 열었다.

"여전히 죽고 싶으시다면 걱정 마십시오. 조금 전까지와는 달리 이제는 살고 싶어도 그러기 쉽지 않으니까요."

"이진강 씨! 쓸데없는 말은 하지 말아 주십시오. 다른 분들께서……!"

드르륵!

갑자기 복도 끝에서 들려온 문소리에 사람들은 그대로 굳어 버렸다. 특히나 정장의 사내들은 그 정도가 더 심했다.

서로를 바라보는 그들의 눈은 당혹감을 넘어서서 공포로 물들어 있었다. 그럴 수밖에 없는 게 지금 이곳에 살아 있는 사람은 이 교실 안에 있는 사람들을 제외하고는 아무도 없었다. 그것은 직접 몇 번이나 확인했던 그들이 가장 잘 알고 있었다.

뚜벅, 삐그덕. 뚜벅, 삐그덕.

발자국 소리를 따라 거슬리는 나무판자 소리가 복도에 울렸다. 누군가 한 명 정도는 당장 교실문을 열고 그 정체를 확인할 만했지만 그 누구도 그러지 못했다.

사람들은 그저 얼어붙은 채 점점 가까워지는 소리에 귀를 세울 뿐이었다.

드르르륵! 드르르륵!

그리고 또다시 문이 열리는 소리가 들려왔다. 발자국 소리는 많아졌고 하나는 바로 옆교실에서 들려왔다.

"제, 제가 확인하고 오겠습니다."

정장 사내 중 한 명이 더 이상 참지 못하고 몸을 일으켰다. 그는 두려움이 가득 담긴 눈을 한 채 문 쪽으로 걸음을 옮겼다.

"아뇨. 기다리십시오."

그리고 그런 그를 진강이 막았다. 진강은 정장의 사내들을 번갈아 바라보더니 이내 문 쪽으로 걸음을 옮겼다.

"가만히 기다리시는 게 좋을 겁니다. 적어도 당신들은 여기에 죽으려고 온 게 아니니까요."

드르르륵!

진강은 힘껏 문을 열었다. 그리고는 한 발자국 뒤로 물러섰다.

삐그덕, 삐그덕.

발자국 소리는 더 빨라졌고 나무판자가 내는 소음도 점점 더 커져 갔다.

사람들은 숨을 죽였다.

그 발자국 소리의 주인이 누구든 이제 곧 그 모습을 볼 수 있을 터였다.

"후우…… 후우……!"

사람들은 거친 숨소리를 들었다. 사람의 것이라고 생각할 수 없는 그것은, 흡사 짐승의 것과 닮아 있긴 했지만 이 세상 그 어떤 짐승의 것과도 달랐다.

사람들은 그 기괴한 숨소리에 몸을 떨었고 마침내 그 소리의 주인공이 그 모습을 드러냈다.

"……!"

"크오오오!"

붉은 눈의 그것은 자신을 바라보는 십 수 명의 사람들을 보고는 기분 나쁜 소리로 울부짖었다.

그것은 위협성 같은 게 아니었다. 귀를 찢고 영혼을 물어뜯는 것처럼 불쾌한 소리였지만, 그것은 환희였다. 스스로 결코 참을 수 없는 환희. 그래서 자기도 터뜨려 버린 환희.

"꺄아아악!"

"꺄악!"

한 발 늦은 비명이 교실 곳곳에 울려 퍼졌다. 아마도 너무나 충격적이라 상황을 이해하는 게 늦었으리라.

거기 있는 것은 온몸에 피가 흥건한 한 사내였다. 눈은 붉게 변해 있었고 그 손이 비정상적으로 커져 있었지만 그것은 분명 함께 버스를 타고 이곳까지 왔던 사내였다.

다만 문제는 그가 1시간 전 과다출혈로 확실히 죽었다는 점이다.

"크와아!"

"그만."

당장이라도 교실 안으로 뛰어들어 오려는 사내를 향해 진강이 손을 뻗었다. 그리고 그 순간 사내는 마치 뭔가에 가로막힌 듯 허공에 그대로 멈춰 섰다.

"……"

그리곤 진강은 허공에 뭔가를 그리는 듯하더니 주머니 속에서 작은 유리병 하나를 꺼냈다. 유리병 안에는 붉은 가루가 들어 있었는데 진강은 그것을 그대로 문 앞에 쏟아부었다. 붉은 가루가 허공에 흩날렸고 거짓말처럼 허공에서 사라졌다.

"……."

진강은 뻗었던 손을 내렸고 사내는 여전히 안으로 들어오지 못했다.

"크아! 크아아아!"

사내는 화가 난 듯 사납게 손을 휘저었지만 그 손조차 마치 투명한 유리벽에 막힌 것처럼 문지방을 넘지 못했다.

"이제 제가 한 말을 어느 정도 아시겠습니까?"

진강은 사람들을 향해 몸을 돌리며 말했다.

그의 뒤에는 여전히 사내가 짐승처럼 울부짖고 있었지만 그는 두려움 따윈 없어 보였다.

"최후의 심판. 라그나로크. 아마겟돈. 아포칼립스. 부르고 싶은 어떤 이름으로 부르셔도 되지만 확실한 것은 우리가 알던 세상은 조금 전 끝났다는 겁니다."

사람들은 진강의 그러한 말에 아무런 말도 하지 못했다. 특히나 문밖 저 사내의 죽음을 바로 곁에서 지켜보았던 정장의 두 사내는 그 누구보다 더 큰 충격에 빠져 있었다. 그들은 몇 번이나 그의 몸에서 생명이 사라진 것을 확인했었다. 그것에 실수란 있을 수 없었다.

"크아아아!"

눈앞의 이 상황은 그들로서는 결코 이해할 수 없는 것

이었고 감당할 수 있는 것도 아니었다.

"크아아!"

문밖에 다른 이들이 모여들었다. 그들은 짐승처럼 울부짖으며 먼저 문 안으로 들어오려 서로를 떠밀었지만 그 누구도 안으로 들어올 수는 없었다.

"……"

"……"

교실 안에는 다시 침묵이 깔렸다. 여전히 눈앞에 이 상황을, 또 진강의 그 말들을 제대로 이해하는 사람은 없었다. 다만 태초부터 내려온 본능으로 지금 누구의 말을 따라야 할지 알아챘을 뿐이다.

"……우, 웃기지 말라 그래!"

그러나 언제나 그 본능이 조금 옅은 사람은 있는 법이었다.

"대, 대체 무슨 장난질을 치고 있는 거야? 엉? 저, 저게 무슨 좀비라도 된다는 거야? 조잡한 분장이나 해서는……!"

아까의 그 깐깐해 보이는 여자가 문 쪽으로 다가왔다. 그 눈에는 한 가득 공포를 머금고 문밖의 것들이 움직일 때마다 그 어깨가 움찔움찔 하면서도 그녀는 걸음을 옮겼다. 그녀는 고집스런 얼굴로 진강의 앞에 섰다.

"……비켜요."

진강은 그녀의 눈에서 분노를 보았다. 눈동자 전체를 공포가 뒤덮고 있었지만 그럼에도 불구하고 분노의 빛이 그 안에 있었다. 다만 그것은 특정한 대상을 향한 것도 불꽃처럼 강렬하게 타오르는 그런 것도 아니었다. 오히려 그것은 너무도 미약하고 끊임없이 흔들리는 실 같은 거였다.

그러나 바로 그것이 눈의 초점을 흐리고 있었다. 그건 마치 검은 그림자 속에서 사람을 조종한다는 악마가 늘어뜨린 실과 같았다.

"……."

진강은 말없이 길을 터 줬다.

"크아아!"

문밖의 그것들은 그녀의 모습을 보고 더 크게 소리를 질렀다. 그녀는 그 울음소리에 겁먹은 듯 뒤로 물러섰다.

그리고 진강이 말했다.

"……조심하십시오. 들어올 수는 없지만 당신의 어느 부분이라도 잡으면 분명히 놓지 않을 테고, 결국 당신을 끌어낼 겁니다."

"허, 헛소리 하지마!"

그녀는 진강의 말에 반발하듯 문밖 그것들을 향해 다가

갔다.

"크악!"

"히익!"

하지만 그래 봐야 고작 몇 발자국뿐. 그녀는 차마 더 이상 다가가지 못했다.

"……좋아! 됐어! 이딴 광대놀음 따위에 더 어울릴 시간 따윈 없다고!"

쇼는 다른 곳에서 시작되었다. 조용히 침묵하고 있던 한 사내가 갑자기 뒷문을 열고 밖으로 나가 버렸다.

"크아?"

그것들은 먹이가 자신들이 들어갈 수 없는 안이 아니라 밖에도 있다는 사실을 재빨리 알아차렸다. 그리고 잠시의 망설임도 없이 일제히 그를 향해 몸을 날렸다.

"아! 아아악!"

뒷문을 열고 밖으로 나선 사내가 진정으로 뭘 원하고 그랬는지 알 수 있는 방법은 없었다. 어쩌면 처음 이 폐교를 찾았을 때처럼 죽음을 원했던 것인지도 몰랐다. 아니면 반대로 살기를 원했을지도 모른다. 아니면 그저 너무 강한 충격과 공포에 잠시 정신이 나갔었던 것인지도.

하지만 확실한 것은 그는 처음 원했던 것처럼 죽음을 맞이했고, 그가 원했든 원하지 않았든 그의 죽음이 교실 안 모든 사람들에게 지금의 현실을 일깨워 주었다는 점이다.

"젠장!"

"뭐, 뭐야?! 이게 대체 뭐야!"

사람들의 입에서는 불안감을 감추려 욕지거리가 흘러나왔다.

"대체 이게 무슨 일이야! 설명해! 설명해 보라고!"

깐깐해 보이는 여인이 진강의 멱살을 잡은 채 흔들었다. 그러나 그녀의 목소리는 지금까지와는 달리 울먹거리고 있었다.

"……."

진강은 잠시 그녀가 흔드는 대로 가만히 기다렸다. 그리고 얼마 지나지 않아 그녀는 다리에 힘이 풀린 듯 바닥에 주저앉았다.

"……진정하세요."

진강은 여전히 자신을 잡고 있는 그녀의 손을 떼어 놓았다.

"……이, 이게 대체 어떻게 된 겁니까?

"그, 그래! 어서 말해 보라고! 이 빌어먹을 상황은 대체……!"

교실 안의 시선은 이제 진강에게 향했다. 그들은 설명

을 요구하고 있었다.

짝!

진강은 가볍게 박수를 쳤다. 박수 소리가 사람들의 어지러운 말소리를 지웠고, 그 뜬금없는 행동을 이해하지 못한 덕분에 교실에는 잠깐의 침묵이 다가왔다. 그리고 그 침묵 속에서 진강은 아무렇지도 않게 입을 열었다.

"한 가지만 묻겠습니다."

너무나 담담한 그 목소리. 무신경하게까지 들리는 그 목소리에 사람들은 순간 분노가 치솟는 걸 느꼈지만, 그들은 모두 조용히 진강의 말에 집중했다.

"당신들…… 여전히 죽고 싶으십니까?"

사람들의 얼굴이 일제히 구겨졌다.

"뭐, 뭐?!"

"지금 한다는 소리가 그딴……!"

짝!

또다시 박수 소리가 교실 안에 울렸다.

"왜? 어차피 죽으려고 다들 온 거 아니야? 거기다 삶과 죽음 말고 지금 중요한 게 대체 뭐가 있는데?!"

진강의 말투는 지금까지와는 달리 날카로워져 있었다. 거기다 지금 그는 문 쪽을 향해 왼손을 살짝 들어 올리고 있었고 사람들에게 그것은 마치 당장이라도 저것들을 풀어 놓겠다는 위협처럼 보였다.

"후우."

그러나 진강은 곧 고개를 흔들고는 올렸던 손을 내려놓았다. 그리고는 한층 침착한 목소리로 말을 이었다.

"물론 지금 당장 삶과 죽음 중 하나를 정하라는 게 아닙니다. 다만 최소한 그 중간에서 고민하고 계신 게 아니라면 굳이 들으실 필요는 없다는 겁니다."

"……."

"……."

사람들은 아무 말도 하지 않았다. 대신 불안하게 떨리는 시선으로 진강을 바라보고 있을 뿐이었다.

진강은 그 모습을 보고는 씁쓸한 미소를 지어 보였다.

"……그렇군요. 하긴 어차피 당신들은 그런 사람들이지요. 자신의 죽음에 대한 것에조차 조그마한 신념도 가지지 못해서 타인을 찾는 그런 사람들. 여러분은 내가 당신들에게 한 방금 전 질문이 무슨 의미인지도 모르고 있겠죠."

진강은 문밖에 있는 그것들을 향해 손을 뻗었다. 그것들은 여전히 죽어 버린 사내를 뜯어 먹느라 정신이 없었다. 하지만

탁!

진강이 손을 튕기자 그것들은 마치 실이 끊긴 꼭두각시처럼 바닥으로 쓰러졌다.

"따라오시지요."

진강은 그렇게 말하고는 문밖으로 나가 버렸다.

사람들은 갑작스런 진강의 행동에 어쩔 줄 몰라 그저 가만히 서 있었다.

"따라오십시오. 지금은 괜찮지만 저들은 곧 다시 일어날 것입니다."

그제야 사람들은 하나둘 급히 몸을 움직였다.

그들은 진강을 따라 교실을 나왔다. 복도는 피로 흥건했다. 소름 끼치는 피 냄새와 끔찍한 광경. 사람들은 움츠러들었지만 발걸음을 멈추지는 않았다.

삐그덕, 삐그덕.

사람들은 그들 자신이 내는 소리임을 알면서도 몇 번이나 고개를 돌렸다. 그들은 마치 발작처럼 뒤를 돌아봤다가 다시 앞을 보기를 반복했다.

"빨리 내려오십시오."

진강은 중앙 입구에서 사람들이 모두 내려오기를 기다리고 있었다.

"모두 오신 겁니까?"

진강은 정장의 사내들을 바라보며 물었다.

"예? 아 예. 다, 다 오신 것 같습니다."

사내들은 별 다른 확인도 않은 채 그렇게 답했다. 아마도 그런 것 따윈 상관없이 어서 빨리 이곳을 떠나고 싶은 듯 보였다.

"의미가 없다는 건 알지만 다시 한 번 묻겠습니다. 죽고 싶으신 분…… 계십니까?"

대답은 돌아오지 않았다. 진강은 씁쓸한 눈으로 다시 그들을 둘러보고는 이내 폐교 밖으로 걸음을 옮겼다.

"따라오시지요. 우선은 버스를 타야 됩니다."

진강은 손짓으로 검은 정장의 사내들을 가까이로 불렀다.

"버스에 기름은 어느 정도 있지요?"

"가득 차 있지는 않을 테지만 돌아가는 데는 충분……."

"중간에 주유소에 들러야겠군요. 뭐 하긴 어차피 필요한 일이니까요."

진강은 그렇게 말하고는 앞장서 걸어 나갔다.

폐교에서 버스가 주차된 곳까지는 꽤 거리가 멀었기에 사람들은 진강을 놓치지 않으려 필사적으로 그를 쫓았다. 특히 가장 뒤쪽에 선 이들은 어느 정도 이상 진강과 거리가 멀어졌다 싶으면 온 힘을 다해 그 거리를 줄였다.

"……."

그런데 갑자기 진강이 발걸음을 멈췄다.

"왜, 왜 그러십니까?"

사람들은 두려움에 떨며 그에게로 몰려들었다.

"생각보다 빠르군요. 넷, 아니, 셋인가?"

진강은 품 안에서 뭔가를 꺼내 들었다. 그것은 노란색 종이에 붉은색 문장들이 그려진 부적이었다.

"하지만 뭐, 아직은 감당할 수 있습니다."

진강은 하늘을 올려다보았다. 그리고 그런 진강을 따라 사람들도 하늘을 올려다보았다. 하늘은 맑았다. 세상이 끝났다곤 했지만 특별히 달라진 것은 없었다.

하늘은 여전히 푸르렀고 태양은 밝았다. 작은 먹구름이 보이긴 했지만 어디까지나 평범했다. 그러나 잠시 후 사람들은 그게 단순한 먹구름이 아니라는 사실을 알아차렸다.

"……!"

"……!"

사람들은 그대로 굳어 버렸다. 그리고 몇몇은 그대로 주저앉아 버렸다. 그것은 먹구름이나 그런 것이 아니었다. 그것은 검은 바람이었다. 아니, 정확히 말하자면 검은 바람을 휘감은 어떤 것들이었다.

마치 대지를 휩쓰는 메뚜기 떼처럼.

그것은 불경하고 강렬한 어떤 것이었다. 그것들이 지나가는 하늘 길에는 감히 다른 구름들이 다가오지 못했다. 그러나 사람들을 진정으로 두렵게 한 것은 그런 것이 아니었다.

검은 바람에 휘감기고 거리도 거리였기에 그 모습을 제대로 알아볼 수는 없다. 그러나 이 정도 거리임에도 불구하고 그것들은 단순한 점보다 훨씬 커 보인다. 또한 저 불규칙한 움직임 그리고 그것이 내뿜고 있는 불길함. 그것은 결코 어떤 기계장치가 아니었다. 바로 그러한 것들이 사람들을 두렵게 만들고 있었다.

"저, 저건 대체……?"

깐깐한 여자와의 말싸움 때 그녀를 몰아붙였던 매력적인 여인이 진강의 곁에 바짝 붙으며 물었다. 정확히 말하자면 다른 이들에게 밀려온 거였지만 어쨌든 그녀는 그의 바로 옆에 서 있었다.

"하스터(Hastur). 형용하기 어려운 자. 비승풍(碑乘風). 멸망시키는 자. 수많은 이름을 가지고 있겠지만 중요한 건 안 좋은 것들이란 거죠."

진강은 그것들이 하늘 저편으로 사라질 때까지 눈을 떼지 않았다. 그리고 그것들이 시야에서 사라졌을 때 그제야 진강은 부적을 집어넣고는 다시 걸음 옮기기 시작했다.

"가시죠."

몇 분 더 걸음을 옮기자 저 멀리 버스가 그 모습을 드러냈다. 사람들의 발걸음을 자연히 빨라졌다.

"꺄악!"

그런데 갑자기 뒤쪽에서 비명 소리가 들렸다. 사람들은 뒤돌아보지 않았다. 대신 있는 힘껏 버스를 향해 뛰기 시작했다.

"후우."

오직 진강만이 몸을 돌려 그 비명의 원인을 마주할 뿐이었다.

"크아아!"

"크악!"

그것은 폐교에서 넘어뜨렸던 자들이었다. 그들이 어느새 바로 뒤까지 쫓아와 있었다.

다행히 아직은 거리가 있었지만 속도를 보아 뒤쳐진 사람들은 그들에게서 완전히 도망치기는 어려워 보였다.

"아직은 힘 조절이 미흡한가 보군요."

진강은 그것들을 향해 손을 뻗었다. 그것들은 마치 무언가에 붙잡힌 듯 그 자리에 멈춰 섰고 그 사실이 불쾌한 듯 괴성을 질러댔다.

"하지만 뭐 상관없겠죠."

그가 뻗었던 손을 살짝 뒤틀자 그것들은 마치 장난감처럼 망가졌다. 목과 허리가 한꺼번에 뒤틀렸으며 팔다리의 뼈들은 살을 뚫고 밖으로 튀어나왔다.

"속도를 늦출 수는 있지만, 딱히 효과적인 것도 그렇다고 내 스타일도 아니군요."

그는 가볍게 주먹을 쥐었다. 그 순간 그것들의 입에서 검은 연기 같은 게 뿜어져 나왔고 이내 허공에서 흩어져 사라졌다. 그리고 그것들은 다시 단순한 시체로 변했다.

"이건 내 스타일이군요. 조금 더 힘이 들지만 확실히 효과적이고요."

진강은 만족스런 얼굴로 다시 몸을 돌렸다. 이미 대부분의 사람들은 버스에 거의 다 도착해 있었다.

"어서! 어서 열어요!"

차문을 열고 있는 정장의 사내들을 향해 사람들이 외쳐댔다. 물론 그들이 재촉하지 않았다면 지금처럼 버벅대지 않고 이미 문을 열었을 테지만 말이다.

"어, 어서 들어가!"

마침내 버스문이 열리고 사람들은 안으로 뛰어들어갔다. 그리곤 최대한 문에서 멀어지기 위한 맨 뒷자리로 향했다.

"어서 출발해요!"

사람들은 운전석에 앉은 정장의 사내를 향해 외쳐 댔다. 그리고 그 성화에 사내는 문을 닫고 시동을 걸려고 했다. 하지만 다른 정장의 사내가 그런 그의 손을 잡았다.

"아직 이진강 씨가 오시지 않았어."

"그딴 사람이 뭐가 필요해요!"

깐깐해 보이는 여자가 그렇게 말했다. 대부분의 사람들은 침묵했고 몇몇 사람들은 그것에 동조했다.

"그래요! 그냥 놔두고 빨리 출발해요!"

"빨리요!"

운전석에 앉은 사내는 자신의 동료를 바라보았다. 그러나 그는 고개를 저었다. 최소한 그는 알고 있었다. 지금 그들에게는 진강이 필요했다. 그가 왜 이런 사실을 알고 있는지 어떻게 그런 능력을 가졌는지는 알 수 없었지만 지금 자신들이 살아남기 위해서는 그가 필요했다.

그리고 잠시 후 진강이 버스에 타고서야 그는 잡고 있던 동료의 손을 놓았다.

"어디로 가면 좋겠습니까?"

"어디긴 어디에요! 집으로 보내줘요!"

그는 진강에게 물었지만 대답을 하는 것은 진강이 아니었다. 사람들은 이곳에서 벗어나 어서 빨리 집으로 돌아가고 싶어 했다. 하지만 그것에 삶의 소중함이나 선택에 대한 후회 같은 건 없었다. 그것은 그저 본능적인 두려움 때문이었다.

"……."

정장의 사내들은 진강을 바라보았다. 조금 전 있었던 일들을 생각해 보아 아무 일도 없었던 것처럼 집으로 돌아가는 건 그리 좋은 생각이 아니었다.

"그러도록 하세요. 다만 가장 가까운 주유소에 먼저 들르는 걸 잊지 말고요."

진강은 그렇게 말하고는 제일 앞 좌석에 몸을 앉혔다. 그리곤 품 안에서 또 다른 유리병을 꺼내 들더니 똑같이 내용물을 쏟아부었다.

시동이 걸리고 버스는 출발했다. 사람들 얼굴에는 안도감이 스쳤다. 그들은 믿는 듯했다. 이곳만 떠나면 자신들이 이곳에서 본 것들까지 떠날 수 있을 거라고 말이다.

하지만 그들의 그런 믿음은 한 시간도 채 되지 않아 무너졌다. 그들이 고속도로에 올랐을 때 사람들은 드문드문 서 있는 차들을 보았다. 그리고 그 차들 주위를 어슬렁거리는 붉은 눈의 인간 아닌 자들도 보았다.

"……."

사람들은 침묵했다. 그들의 머릿속에는 설사 떠올리기

싫어하는 자라해도 그들 친구, 그들 집, 그들 가족의 모습들이 끊임없이 떠오르고 있었다.

"저, 저……."

운전사는 복잡한 얼굴로 진강을 돌아보았다. 다행히 멈춰 선 차는 많지 않았지만 걸어다니고 있는 것들이 문제였다.

"괜찮습니다."

진강은 품 안에서 뭔가를 꺼내 앞 유리에 던졌다.

척!

그것은 부적이었다. 노란 종이에 붉은빛으로 특이한 도형들이 가득 그려져 있는 부적은 운전석 앞 창문에 그대로 붙었다.

"알아서 피할 테니까요."

그렇게 말한 진강은 그대로 몸을 의자에 기대고는 눈을 감았다. 진강의 말처럼 부적을 붙이자마자 붉은 눈의 그것들은 마치 살아생전처럼 버스를 피해 길가로 도망쳤다.

"물론 다른 것들에겐 통하지 않겠지만……."

잠꼬대처럼 중얼거린 진강의 그 말에 두 사내는 등줄기가 서늘했지만 차마 그 다른 것들이 무엇인지 묻지는 못했다.

버스는 한참을 달렸고 마침내 주유소에 도착했다.

"……."

정장의 사내들은 진강을 돌아보았다. 그는 여전히 눈을 감고 있었다.

"저, 저 이진강 씨……?"

"알고 있습니다. 잠깐만 기다리십시오."

그는 그렇게 조금 더 누워 있더니 이내 몸을 일으켰다.

"문을 열어 주십시오."

진강의 요청에 운전석에 앉은 사내는 버튼을 누르려 했다. 하지만

"자, 잠깐만요!"

"대체 지금 무슨 짓을 하려는 거예요!"

사람들은 앞으로 달려왔다.

"도, 돌아갈 기름은 충분하다면서요!"

"마, 맞아요! 저것들이 들어올지도 모르는데 대체 여긴 왜……!"

사람들의 아우성에 진강은 짜증스런 얼굴로 대꾸했다.

"들어오지 않을 겁니다."

"그걸 당신이 어떻게 아는데?! 애초에 당신 대체 뭐야? 이게 대체 무슨 일이냐고!"

달려나온 사내가 그의 멱살을 잡았다. 그러나

퍽!

남자는 그대로 뒤로 쓰러졌고 다른 사람들이 그를 붙잡았다. 그의 코에서는 피가 흘러나오고 있었다. 하지만 사내는 그저 눈만 껌벅일 뿐 방금 전 무슨 일이 일어났는지도 모르는 모양이었다.

"그분을 치료해 주십시오. 그리고 지금 확실히 말해 두지만 저한테 화내 봤자 좋을 건 아무것도 없습니다."

진강은 운전석의 사내를 향해 문을 열라는 듯 손짓을 했다.

"예, 예!"

버스 문이 열리고 진강은 아무렇지도 않게 문밖으로 걸음을 옮겼다. 그리곤 주변을 몇 번 둘러보더니

"좋습니다. 나와서 주유 시작하십시오."

"예?"

"안전하니 나와서 기름 넣으라고요, 가득."

"아, 아니 그게……."

사람들은 서로를 바라보았다. 선뜻 나서는 사람은 없었다. 애초부터 누군가를 향한 지시가 아니다 보니 그것이 더 심했다.

"뭐하시는 겁니까? 빨리 주유를 끝내야 빨리 갈 수 있습니다."

"저, 저기……."

진강의 재촉에 사람들 중 한 명이 용기를 냈다.

"괜찮으시다면 지, 직접 하시는 게…… 어떻지……?"

뭐 진강이 원했던 종류는 아니었지만 말이다. 그러나

"주유할 줄 모릅니다."

당당한 그 말에 사람들은 그대로 굳어 버렸다. 그리고 잠시 그 상황이 이어지자, 운전석 옆에 서 있던 정장의 사내가 어쩔 수 없다는 듯 앞으로 나섰다.

"제가 하도록 하죠."

"좋습니다."

사내가 밖으로 나가자 남은 사람들은 홀가분한 얼굴로 뒷좌석으로 돌아가려 했다. 진강의 목소리가 다시 들리기 전까진 말이다.

"그럼 다른 분들은 편의점에 가서 음식을 나르도록 하죠."

"우, 우리가 왜요!"

깐깐해 보이는 여인이 다시 그 목소리를 높였다.

"우, 우리는 집에 갈 거예요! 집에 갈……!"

쾅!

진강은 이번만은 더 이상 그녀가 입을 놀리도록 허락하지 않았다. 진강이 주먹으로 친 곳은 버스 옆면으로 비교적 얇은 부분이다 보니 울리는 소리가 더 컸다. 그 소리와 진동은 버스 전체를 덮어갔고 그것에 반항은 불가능해 보였다.

"저기 저 붉은 눈의 저것들. 저것들을 뭐라고 부르든 상관없습니다. 좀비. 망자. 시체. 물론 그 이름 중 어떤 것도 저것들과는 본질적으로 다르겠지만 상관없습니다. 저것들의 특성과 행동을 설명하는 데는 그걸로 충분할 테니까요."

진강이 손을 내젓자 저편에서 뛰어오던 붉은 눈들 중 하나가 도로 옆으로 날아가 버렸다.

"모두들 관련 영화는 어떤 식으로든 접해 봤다고 생각합니다. 그렇다면 지금 상황과 그 상황 속에서 음식이 얼마나 중요한지도 알겠지요. 그러니 닥치고 당장 내려서 짐부터 나르십시오."

그의 거친 손짓에 남은 붉은 눈들은 완전히 짓뭉개졌고 검은 연기들은 허공으로 터져 나와 흩어졌다.

"……"

"……"

사람들은 하나둘 버스 밖으로 걸어 나왔다. 깐깐해 보이는 여자 또한 조용히 입을 다문 채 버스 문을 나섰다.

"좋습니다. 알아서 먹을 거나 기타 필요하다 싶으신 것들을 챙겨 오시도록 하십시오. 아시겠지만 상온에서 쉽게

상하는 것들은 피하도록 하십시오."

"저, 저기!"

"왜 그러시죠?"

"저, 저 안에 그것들이 있으면 어쩌죠? 그러니까……
워커요. 데드워커들이요."

진강은 그녀를 가만히 바라보았다. 평균적인 키에, 긴 생머리, 매력적인 눈동자와 오뚝한 콧날, 조금 피곤해 보이긴 하지만 여전히 윤이 나는 새하얀 피부와 앵두 같은 입술. 그로서는 그녀가 어째서 죽음을 택했는지 이해할 수는 없었다.

불안해하고 두려워하고 있었지만 미약하게나마 반짝이고 있는 그녀의 눈빛은 여기 있는 그 어떤 이보다 밝았다.

"워커…… 워커라. 확실히 어울리는 단어군요."

진강은 잠시 편의점 쪽을 바라보았다.

"없습니다. 안심하세요. 도로를 따라오는 것들만 조심하면 됩니다. 그리고 도로는 제가 지키고 있을 거고요."

"아, 알겠어요."

그녀를 선두로 사람들은 도로 쪽에서 눈을 떼지 못한 채 편의점으로 향했다. 그리고 그런 모습을 바라보는 진강의 눈은 어째선지 깊은 쓸쓸함이 묻어 있었다.

처음 사람들은 편의점에 들어가 닥치는 대로 손에 집어

들었다. 하지만 그들은 그것이 곧 그다지 좋은 방식이 아니라는 걸 깨달았다.

그들은 계산대에서 비닐봉지를 꺼내 들었다. 몇몇 머리 좋은 이들은 창고 문을 열고 아직 박스에 담겨 있는 것들을 옮기기 시작했다. 버스 짐칸과 좌석들에는 물, 음료수, 통조림, 건어물, 스낵류 같은 것들과 휴지, 상비약, 칫솔과 스타킹 같은 생활용품들이 들어차 갔다.

"이 정도면 된 것 같군요."

진강은 사람들을 다시 버스에 태웠다.

그에게서 조금 떨어진 앞에는 어느새 몇 명이나 되는 워커들이 쓰러져 있었다. 물론 다른 쪽에는 훨씬 더 많은 워커들이 쓰러져 있었지만 말이다.

"어디로 가면 되겠습니까?"

정장의 사내들이 그에게 물었다.

"무슨 말이에요! 당연히 집으로 가는 거죠!"

"처음부터 그러기로……!"

진강은 뒷좌석에서 목만 빼 들고 말하는 자들을 가볍게 돌아보았다.

"……."

그리고 그들은 곧 입을 다물었다.

"어, 어떻게 할까요?"

"……."

 진강은 의자에 몸을 기댄 채 눈을 감았다. 그리고 잠시 후 중얼거리듯 입을 열었다.

"가자는 대로 가죠."

 진강은 그렇게 말하고는 마치 잠을 청하듯 고개를 돌렸다.

 정장의 두 사내는 서로를 한 번 쳐다보았고, 운전석 옆에 서 있는 쪽이 고개를 끄덕였다.

 시동 소리가 울리고 어느 정도 시간이 흘렀을 때 버스는 고속도로를 나와 도심가로 향했다.

버스는 도심가로 들어섰다. 하지만 버스는 얼마 지나지 않아 멈춰 설 수밖에 없었다. 고작 도로의 초입임에도 불구하고 줄을 잇고 있는 자동차들은 보는 이로 하여금 이 좁은 나라에 얼마나 많은 차가 있는지 실감하게 만들었다.

운전석에 앉은 사내는 진강을 돌아보았다.

"……"

진강은 말이 없었다. 확실치는 않았지만 그는 잠을 자고 있었다.

"뭐, 뭐예요? 왜……."

갑자기 멈춰 선 버스에 뒷좌석에 숨어 있던 이들이 앞

으로 걸어 나왔다.

"제길!"

그들은 꽉 막힌 도로를 보았다. 그리고 그들이 겨우겨우 외면하고 있던 사실들과 마주해야 했다. 누가 언제 어떻게 어째서 이렇게 되었는지는 알 수 없어도 진강의 말처럼 그들의 세계는 죽었다. 그리고 그와 함께 그들이 알고 있던 모든 것 또한 끝나 버렸다.

"이봐."

한 남자가 초점을 잃은 채 진강을 향해 걸어왔다.

"이봐……"

그는 떨리는 목소리로 진강을 불렀다. 다만 그것은 두려움 때문이 아니었다. 그것은 분노였다.

"이봐."

"……"

그러나 진강은 아무런 대꾸도 하지 않았다. 잠에서 깨지 못한 것일지도 모르고 의도적인 무시일지도 몰랐다.

"이봐!"

사내는 진강의 몸에 손을 대려고 했다. 하지만 진강의 옆자리에 앉아 있던 정장의 사내가 재빨리 그를 막았다.

"멍청한 짓 하지 마십시오!"

정장의 사내는 그를 뒤로 돌려보내려 했지만, 그는 온

힘을 다해 저항했다. 그의 눈은 진강에게 향해 있었고 당장이라도 그를 두들겨 깨울 기세였다.

"이봐! 이봐! 당장 안 일어나?! 설명하란 말이야!"

번쩍!

그 처절한 외침에 진강은 눈을 떴다. 그리곤 마치 아무런 일도 아닌 것처럼 몸을 일으켜서는 여전히 통로에서 격렬한 몸싸움 중인 사내들 앞에 나섰다.

"설명을 원하십니까?"

"그래!"

진강은 가만히 그를 바라보았다. 그의 눈동자는 무심한 듯했지만 누군가 자세히 봤다면 그 안에서 깊은 슬픔을 찾을 수 있을 터였다.

"좋습니다. 설명해 드리죠. 대신 일단 모두 자리에 앉으시지요. 이건 모두의 일이니까요."

진강의 손짓에 사내는 거친 숨을 몰아쉬며 좌석 손잡이에 그대로 앉았다.

좌석에 물건들이 가득 쌓여 있었기 때문이기도 하지만 사실은 흥분을 다 가라앉히지 못했기 때문이다.

진강은 그를 향해 다시 손짓을 했다.

"제대로 된 자리에 앉으시지요."

"니가 뭔데? 빌어먹을 수학여행 선생이라도 되는 거야,

앙? 제자리에 안 앉으면 반성문이라도 쓰게 할 건가?"

훽!

진강의 손짓에 살짝 감정이 들어갔다. 지금까지 보다 훨씬 작은 움직임에 힘도 얼마 안 들어가 있었지만 그 손짓 한 번에 손잡이에 앉아 있던 사내는 그대로 바닥을 굴렀다.

"제가 말했을 텐데요. 저한테 화내 봤자 아무런 의미도 없다고."

"크, 크윽!"

사내는 원래 있던 곳보다 몇 좌석 뒤쪽 통로에서 신음성을 내며 천천히 몸을 일으켰다.

"앉으십시오. 그쯤에는 짐이 안 실려 있으니 앉을 수 있겠지요. 뒤쪽에 계신 분들 중 가까이 오고 싶으신 분이 계시다면 오셔도 됩니다."

사내는 고통스러워하면서도 몸을 일으켜 자리에 앉았고, 뒷좌석에 있는 자들 중 반 정도가 앞쪽으로 자리를 옮겼다.

"저, 저는……?"

사내를 말리기 위해 서 있던 정장의 사내가 그렇게 물었다.

"앉고 싶으신 곳에 앉으시지요. 아! 그보다 교실에서

이미 했어야 하는 일을 지금 하도록 하죠. 바로 통성명이죠."

진강은 그렇게 말하면서 까다로워 보이는 여인을 한 번 쳐다보았다.

"저는 이진강이라고 합니다. 당신께서는……?"

진강은 정장의 사내를 향해 말했다.

"저, 저는 김성진입니다."

"당신께서 이 모임을 만드셨습니까?"

진강의 물음에 성진은 고개를 끄덕였다.

"예, 예. 저와 제 동생인 김성은이 만들었습니다."

성진은 운전석에 앉은 또 다른 정장의 사내를 가리키며 말했다.

"그렇군요. 그럼 다음."

사람들은 저마다 이름을 말했다.

보기에는 아무 의미 없고, 거기다 그저 한 번 말해지고 잊혀질 가능성이 높다 해도 사람들은 저마다 자신의 이름을 말했다.

진강의 말을 거부했던 천영진이란 남성조차 말이다.

그리고 그 마지막 이름이 불린 뒤에야 진강은 다시 입을 열었다.

"좋습니다. 그럼 시작하죠. 뭐가 궁금하시죠?"

"빌어먹을 이게 대체 어떻게 된 일이냐고!"
"욕설은 자제해 주시길 바랍니다만."
진강의 낮은 그 목소리에 영진은 두려운 듯 입을 다물었다.
"말했다시피 세상이 끝난 겁니다."
"그러니까……!"
영진은 소리를 높이려다가 진강의 눈빛에 목소리를 낮췄다.
"그러니까 그게 무슨 뜻이냐고요. 영화처럼 바이러스라도 퍼진 겁니까? 아니면 지옥문이 열린 겁니까? 대체 종말이 어떻게 왔냐고요!"
결국 참지 못하고 목소리를 높였지만 진강은 굳이 문제 삼지는 않았다. 왜냐하면 그가 얻게 될 답이란 바닥을 구르거나 팔다리가 부러지는 것보다 훨씬 충격적이었기 때문이다.
"죄송하지만 제 말을 이해하지 못하신 듯하군요."
"……?"
"이건 종말이 아닙니다."
"……?!"
"무슨 헛소리를……!"
"이건 종말이 가져온 결과일 뿐입니다. 지금부터 시작

되거나 진행 중인 게 아니라, 우리가 그 소리를 들었던 바로 그 순간 우리의 세상은 끝난 겁니다. 그리고 그 시체의 잔재 위로 이것들이 파고들어 온 거지요."

진강은 창문을 가리켰다. 거기에는 워커들이 버스에서 일정 거리 떨어져서는 그들을 노려보고 있었다.

"저것들은 좀비 같은 게 아닙니다. 애초에 좀비란 건 저런 게 아니니까요. 물론 바이러스 같은 거에 걸린 우리의 사랑하는 사람들도 아닙니다. 세상이 죽은 바로 그 순간 저들도 모두 죽었습니다. 지금 저 몸을 차지한 것들은 그저 이 거대한 시체를 찾아 기어든 더러운 구더기들이죠. 하지만 뭐……."

진강은 워커라는 단어를 처음 썼던 그 매력적인 여인을 잠시 바라보았다. 조금 전 한소연이라 이름을 밝힌 그녀를 말이다.

"워커라는 표현은 확실히 어울리는군요. 비록 저것들 본래의 천박함보다 훨씬 고상한 느낌이긴 하지만 말입니다."

그렇게 말하는 그의 목소리에 특별한 건 없었다. 그러나 그것만으로도 그가 그녀에게 최소한의 호감 정도는 표했다는 걸 모든 사람이 알아차렸다.

"물론 기어들어 온 게 단순한 구더기만은 아니겠죠. 하늘에서 보셨던……."

"자, 잠깐만요!"

작은 몸집의 김현숙이라는 중년 여성이 손을 들어 올렸다.

"그, 그러면 지금 살아 있는 사람은 우리가 전부라는 뜻인가요?"

그렇게 묻는 그녀의 표정은 꽤나 밝았다.

자세히 보니 소매 사이로 드러난 맨살에 푸른 멍이 들어 있었다. 아마도 가정 폭력이었으리라. 그리고 그 폭력을 견디다 못해 자살을 택했으리라.

저 표정. 그녀는 부모, 친구, 자녀들 그 모두가 죽었다는 사실에 깊이 슬퍼하면서도 동시에 지독한 폭력의 근원이 사라졌다는 사실에 기뻐하고 있었다.

"아마 그렇지는 않을 겁니다. 물론 대부분 죽었겠지만 살아 있는 사람들도 꽤 될 겁니다. 그래 봤자 전체 인구에 비한다면 극소수겠지만 말이죠."

"그러면……!"

사람들의 얼굴에 희망이 스쳤다. 하지만 진강은 그들에게 헛된 희망을 심을 마음 따위는 없어 보였다.

"여러분들의 가족 분들 중 생존자가 있을 가능성은 없습니다."

사람들 중 대부분이 고개를 숙였다. 그들이 묻고 싶었던 건 단지 그것뿐이었다. 가족의 생사.

"……."

사람들은 침묵했다. 그리고 그 침묵은 상당히 오랫동안 이어졌다. 그들은 모두 저마다의 방식으로 떠나간 이들을 추모하고, 그 깊은 슬픔을 받아들이고 있었다.

"더 이상 궁금하신 게 없다면 이만……."

"넌 뭔데?"

진강이 몸을 돌려 앞 좌석으로 가려는데 영진이 물었다.

"제 이름은 이미 알려드렸습니다만?"

영진은 자리를 박차고 일어났다.

"네놈은 뭔데 이런 걸 아는 건데? 거기다 그 빌어먹을 짓거리는 뭐고 그 초능력인지 마술인지도 어떻게 쓰는 건데? 네놈 정체는 대체 뭐야!"

"……."

진강은 자리에서 일어서 있는 영진을 가만히 바라보았다.

"제가 누군지 궁금하십니까?"

그의 그 말에 사람들은 다시 고개를 들어 올렸다.

거대한 슬픔 위에 두려움과 기대가 한 방울씩 섞인 그

러한 눈으로 진강을 바라보았다.
"저는……."
그런데 갑자기 진강의 눈빛이 달라졌다.
"모든 게 생각보다 빠르게 돌아가는군요."
진강은 몸을 돌려 앞쪽으로 향했다.
"어이! 대답 않고 어디 가는 거야!"
"모두 무슨 일이 있어도 나오지 마십시오!"
진강은 성은에게 문을 열게 했다. 그리곤 서둘러 버스 밖으로 나왔다.

그는 워커들을 보고 있지 않았다. 그는 저 멀리 자동차들이 늘어서지 않은 교차로 너머 한 빌딩을 바라보고 있었다.

다른 빌딩 유리들은 햇빛을 받아 반짝이고 있었지만, 그 빌딩만은 그렇지 않았다. 그 빌딩은 마치 혼자만 밤인 듯 칠흑 속에 있었다.

"……에딤무(Edimmu). 들어 올려진 자. 역병의 사도. 지옥의 졸개."

그것은 빌딩 벽면에 빼곡하게 붙어 있는 검은 것들 때문이었다.

"킥!"

진강의 부름에 답하기라도 한 듯 기분 나쁜 웃음소리와

함께 칠흑 같은 빌딩의 한 곳에서 아주 작은 보랏빛 한 쌍이 나타났다. 그것은 눈동자였다. 그리고

"킥킥킥키!"

"킥킥!"

"키키키!"

웃음소리는 점점 커지고, 점점 더 많아져 갔다. 그와 함께 보랏빛도 늘어났다. 마침내 밤중에 있는 것 같던 검은 빌딩은 이제 완전히 보랏빛으로 변해 있었다.

"너희의 여주인. 에레슈키갈이 보냈더냐?"

"켈켈켈케!"

"케케케!"

마치 박쥐 떼가 날아오르듯 빌딩 벽면을 완전히 뒤덮고 있던 그것들은 일제히 하늘로 날아올랐다.

칠흑 같은 빌딩은 보통의 주변 다른 빌딩들처럼 변했고 하늘에는 검은 그림자가 드리웠다.

"……."

그는 신경질적으로 손을 흔들었다.

"크악!"

"커, 커억!"

주변을 메워 가던 워커들은 저 멀리로 날아가 버렸다. 그리고 진강은 방금 전 워커들이 서 있던 그곳으로 몸을

날렸다. 그는 최대한 버스에서 멀어지더니 주머니 속에서 또다시 유리병들을 꺼내 들었다.

그는 자리를 잡고 유리병들을 입가로 가져와 뭔가를 중얼거렸다. 그는 위를 바라보았다. 불길한 검은 그림자들은 이제 그의 머리 바로 위에 있었다.

"주인에게 돌아가서 전해라. 그대들의 시간은 끝났다고."

"케케케케!"

수많은 검은 그림자들이 그 보랏빛 안광을 빛내며 진강을 덮쳤다. 그리고 진강은 그 그림자들을 향해 유리병들을 던져 올렸다.

탁!

진강이 손가락을 튕기자 병들은 허공에서 깨졌고 허공에는 가루들이 만들어 낸 붉은 안개가 생겨났다. 그리고 그 붉은 안개를 향해 에딤무들은 그대로 날아들었다.

"……"

진강은 몸을 돌렸다. 그걸로 끝이었다. 에딤무들은 붉은 가루를 통과하기도 전에 녹아 사라져 갔다. 활강 속도. 각도. 타이밍. 그 모든 것은 완벽했다. 에딤무들은 모조리 녹아 버릴 거였다.

"켈켈!"

"……!"

그러나 그것은 오만이었다. 진강은 전혀 다른 곳에서 들려온 그 소름 끼치는 웃음소리에 얼굴 가득 떠오르는 당혹감을 숨기지 못했다.

"케케케!"

"이, 이건 뭐야?!"

소리는 버스 쪽에서 들려왔다. 거기에는 버스 밖으로 나와 있는 영진이 서 있었고 십여 마리의 에딤무들이 그의 주위를 빙글빙글 돌고 있었다.

"당장 버스 안으로 들어가!"

진강은 급히 손을 뻗으며 외쳤다. 그의 손짓에 몇 마리의 에딤무가 바닥으로 떨어졌지만 여전히 많은 수가 영진을 노리고 있었다.

"켈케켁!"

에딤무들은 날카로운 이빨을 들이밀며 영진을 덮쳤다. 진강은 계속해서 손을 움직였지만 고작해야 몇 마리의 에딤무를 더 떨어뜨리고, 애꿎은 차와 워커들을 짓뭉갰을 뿐이었다.

"으, 으아악!"

비명 소리가 사방에 울려 퍼졌다. 에딤무들은 그 날카로운 이빨을 영진의 몸 곳곳에 박아 넣었다. 영진의 피부는 곳 보라색으로 물들어 갔고 고작 몇 초도 되지 않아 그대로 바닥에 쓰러졌다.

"켈켈켈켈!"

그것들은 이제 보랏빛 미라로 변해 버린 영진에게서 떨어져서는 만족스런 웃음소리를 내며 하늘 위로 날아올랐다.

"제기랄!"

진강은 신경질적으로 손을 휘둘렀다. 에덤무 몇 마리가 더 추락했지만 나머지는 저 멀리로 사라져 갔다.

"제기랄!"

진강이 다시 손을 휘두르자 조금 떨어져 있던 차들이 도로 밖으로 내팽개쳐 졌다. 그의 얼굴은 치밀어 오른 화로 일그러져 있었다. 그는 버스 쪽으로 다시 걸어왔다. 물론 그 중간 중간 그의 앞에 머리를 들이민 워커들은 완전히 짓뭉개져 버렸다.

"……"

그는 완전히 말라 버린 보랏빛 영진의 시체 앞에 멈춰섰다. 그것은 더 이상 영진으로 보이진 않았다. 그 색깔부터 모양까지 그것은 그저 우스꽝스런 할로윈 소품처럼 보였다.

"멍청하기는!"

그는 그 시체를 발로 차 버렸다. 하지만 그의 얼굴에는 슬픔만이 가득했다.

어쩌면 영진은 죽고 싶었던 건지도 몰랐다. 이 감당할 수 없는 현실을 어떻게 받아들여야 할지 몰라 분노하는 것을 택했고 그 분노로 슬픔과 절망을 스스로 숨겼지만 그가 진정으로 원했던 것은 죽음이었을지도 모른다.

그렇지 않다면 굳이 버스 밖으로 나올 이유가 있었겠는가. 설사 아무리 흥분으로 눈이 뒤집혔다고 해도 말이다.

의식적으로는 아니라고 해도 적어도 무의식적으로는 그랬을 터였다.

그것은 자기방어 본능이었으며, 그것은 그저 존재하기만 하는 하찮은 생명이 아닌 그 영혼을 지키는 수단이었을 터였다.

"제기랄!"

진강의 손짓에 영진의 시체 위로 푸른 불길이 일었다. 그것은 곧 영진의 시체 전체를 집어삼켰고 몇 초 후 영진은 뼈조차 남기지 못하고 단순한 회색 재로 변해 버렸다.

"이래서 그때 물었던 거였는데!"

몇 번의 심호흡. 그리고 또 다른 워커 하나를 짓뭉갠 뒤 진강은 버스에 올랐다. 사람들은 창문에 붙어 있던 몸을 떼고는 서둘러 자기 자리로 돌아갔다.

"하아."

진강은 깊은 한숨을 내쉬었다. 그는 잠시 뒷좌석 사람들과 자신의 좌석을 번갈아 바라보더니 이내 앞 좌석에 그대로 쓰러졌다.

"저……?"

성은은 그를 보며 조심스럽게 물었지만 대답은커녕 미동도 없었다.

그리고 잠시 후 잠꼬대를 하듯 입을 열었다.

"잠시만…… 잠시만 기다리십시오."

그는 그렇게 말하고는 마치 기절하듯 잠에 빠져들었다.

무겁고 깊은 침묵이 내려앉았다. 워커들이 점점 버스 주위로 몰려오고는 있었지만 가까이 오지는 않았다.

침묵. 침묵. 침묵.

실제로는 그리 오래되지 않을 터였지만 그것은 마치 영원처럼 이어져 갔다.

"대체 언제까지 이러고 있을 거예요?!"

깐깐해 보이는 여성. 성주선이라는 이름을 가진 그녀가 히스테릭하게 외쳤다.

그녀의 눈동자는 흔들리고 있었다. 혼란과 공포 그리고 그로 인한 막대한 스트레스가 그녀를 몰아붙이고 있었다.

"기다리라고 하셨습니다."

성진이 자리에서 일어나 그녀를 진정시키려 했지만 그러기가 쉽지 않았다.

"저 사람이 대체 뭔데요? 저 사람이 대체 뭔데 저 사람 말을 들어야 하는 건데요?!"

그것에 대한 대답은 이미 나왔으리라. 애초에 그들이 폐교에서 여기까지 올 수 있었던 것은 진강 덕분이었고 이 상황에 대해 제대로 알고 있는 자도 그뿐이었다. 굳이 그의 그 가공할 능력들을 말하지 않는다 치더라도 말이다.

"조금만 기다렸다가 정하도록 하지요."

"기다리긴! 지금 상황에서 기다리자는 소리가 나와요?! 조금 전의 그 남자 죽는 꼴 못 봤어요?!"

"천영진 씨의 경우는 안타까운 경우지만 애초에 진강 씨의 경고를 무시하고 버스를 나섰기 때문에 생긴 일입니다."

"당신 대체 뭐예요? 저 남자 부하나 숭배자라도 된 거예요?"

무의미한 말싸움, 아니, 처절한 비명이 이어졌다.

그것은 또 다른 자기방어 본능이었으며 시간의 차이는 있을지라도 결국 결과는 같을 터였다.

"그럼 어디로 가고 싶으십니까?"

잠꼬대를 하듯 몽롱한 진강의 목소리가 그들 사이를 꿰뚫었다.

"아직도 집에 가고 싶으신 겁니까? 저들을 뚫고 저 자동차 사이를 지나?"

"어디든지요!"

그녀가 외쳤다.

"여기가 아니면 어디든지 좋아요! 저것들에게서 벗어날 수만 있다면요!"

"……."

진강은 침묵했다. 그러나 그 침묵이 단순한 침묵이나 다시 잠에 빠진 것이 아니라는 걸 사람들은 알았다. 그것은 다른 이들에 대한 물음이었다. 진강은 그 침묵으로서 다른 이들에게도 방금 전 그녀에게 했던 질문을 그대로 던지고 있었다.

"저는 가겠어요."

"저도요."

이창호, 정다희라는 이름의 중년의 남성과 어린 소녀가 자리에서 일어났다.

"……."

진강은 아무런 말도 하지 않았다. 대신 그는 성은에게 문을 열게 했고 자리에서 일어나 그들을 마주했다. 그들의 눈동자는 흔들리지 않고 있었다.

진강은 왼쪽 손바닥을 펼치며 문을 가리켰다.

"그대들 영혼에 축복이 있으라."

그는 그들에게 품 안에서 유리병 두 개를 꺼내 건넸다.

그들은 말없이 그것을 받아 들고는 작은 물 한 병도 챙기지 않은 채 버스를 나섰다.

워커들은 감히 그들에게 달려들지 못했다. 워커들은 두려움에 떨며 그들에게서 도망쳤다. 그들은 천천히 워커들 사이를 걸었고 도심 속으로 사라져 갔다.

"……."

진강은 한참 동안이나 아무런 말도 없이 그들의 뒷모습만을 바라보았다. 그들의 모습이 완전히 사라져 갈 때까지 그 모습만을 바라보던 그는 이내 다시 자리에 몸을 눕혔다.

"그럼 가도록 하죠."

"어, 어디로 말입니까?"

진강은 품 안에서 작은 종이를 꺼내 손잡이에 올려놓았고 성진이 그것을 들어 펼쳐 보고는 다시 성은에게 건넸다.

거기에 적혀 있는 것은 주소였다.

"거기로 가도록 하십시오."

버스는 다시 움직였다.

사람들은 침묵했고 시끄러운 엔진 소음에도 불구하고 정적이 그들을 집어삼켰다.

버스 안은 침묵만이 가득했다.

버스 뒤쪽은 그들이 친 커튼으로 컴컴하기만 했고 사람들은 고개를 숙인 채 아무런 말도 없었다.

그들은 창밖의 풍경을 외면하고 있었다.

그들은 내심 이 버스가 영원히 멈춰 서지 않기를 바랐다.

그들은 조금 전 자진해서 버스를 내린 두 명처럼 어떤 선택을 할 자신은 없었다. 그러나 동시에 어떤 희망을 떠올릴 수도 없었다.

그들은 그저 이 상황이 영원히 이어지기를 바랐다. 현

실을 잊은 채 어떤 선택을 하지도 않고 그저 가만히 있을 수만 있는 이 순간이 말이다.

"그쪽이 아닙니다."

가끔 성은이 방향을 찾지 못할 때마다 진강이 잠꼬대처럼 입을 열기도 했지만 그가 말을 마치면 곧 다시 무거운 침묵이 내려앉았다.

그리고 그렇게 무거운 침묵 속에서 또다시 한참을 달렸을 때 갑자기 버스 안에 어떤 소리가 울렸다.

꼬르륵.

사람들은 고개를 들지 않았다. 그러나 그것이 무엇인지는 모두 다 알고 있었다. 그리고 그 소리는 방향을 바꿔 또다시 들려왔다.

꼬르륵.

그 순간 버스 안의 분위기가 조금은 변했다. 여전히 사람들은 입을 다물고 있었고 고개는 바닥만을 향하고 있었지만 조금 전과 같은 무거움은 사라져 있었다.

"에잇! 정말!"

누군가 비교적 쾌활한 목소리로 자리에서 일어났다. 아마도 스스로 창피함을 덜기 위함일 터였다.

자리에서 일어선 이는 박정진. 교실에서 탁자를 내려쳤었던 덩치에 맞지 않는 미성을 지닌 사내였다.

그는 앞쪽으로 그 육중한 몸을 옮기더니 음식물 박스들 중 하나를 열었다.

"먹고 죽은 귀신이 때깔도 좋다는데 먹읍시다. 참아 봤자 뭐 좋은 게 있겠어요?"

그는 땅콩과 육포, 스낵 몇 개를 들고는 자리로 돌아갔다. 그리고는 봉지를 뜯어 내용물을 입안으로 가져가기 시작했다.

우적우적!

실제로 그리 큰 소리는 아니었다. 그는 오히려 보통 사람들보다 훨씬 더 작은 소리로 먹었다. 단지 너무나 조용한 버스 안이었기에 유난히 크게 들릴 뿐이었다.

사람들은 저마다 하나둘 고개를 들었다. 그리곤 정진이 했던 것처럼 앞쪽으로 걸어가 먹을 걸 집어 들었다.

순간 자고 있는 것 같던 진강의 입가에 미소가 그려졌다.

본래 식욕은 의욕과 상통한다. 그들이 식욕을 느낀다면 의욕 또한 있는 것이리라.

그리고 잠시 후 버스는 점점 속도를 줄여 가더니 어느덧 멈춰 섰다.

"여, 여긴가요?"

"예. 도착했습니다."

진강의 그 말에 사람들은 고개를 들었다. 그들 눈에 보이는 것은 한적한 시골 도로였다. 고작해야 차 한 대만이 지나다닐 수 있는 좁은 도로. 주변에는 워커도 없었고, 부자연스러움도 없었다.

건물이라곤 저 멀리 띄엄띄엄 서 있는 몇 채의 집들이 전부였으며 논과 숲을 가득 채운 푸른 초목들만이 있을 뿐이었다.

"모두 내리시지요. 짐은 나중에 옮기면 되니 적어도 지금은 신경 쓰지 않으셔도 됩니다. 아, 성은 씨. 버스 문은 잘 잠가 주십시오."

"아, 알겠습니다."

진강이 먼저 버스에서 내리고 사람들은 그 뒤를 따랐다.

사람들은 아직 마을 초입임에도 불구하고 왜 여기서 버스가 멈췄는지 의아해했다. 알고 보니 버스 앞쪽에 단단한 쇠기둥 하나가 박혀 있었다.

"저 기둥 덕분에 이 마을에는 들어오는 차도 나가는 차도 없습니다. 마을 사람들이 외지인들의 이주를 막기 위해 박아 넣었지요. 고작 나라에서 내려오는 보조금 몇 푼 나눠 갖기 싫어서 한 거겠지만 우리에겐 잘된 일이지요."

"어째서지요?"

한소연의 물음에 진강은 고개를 돌렸다. 별다른 의미는 없어 보였지만 그 모습에 소연은 놀란 듯 서둘러 덧붙였다.

"그, 그러니까 그게 왜 좋은 일인지 궁금해서요. 어차피 워커들은 차를 타지 않잖아요."

다급하게 덧붙이는 그녀의 모습에 진강은 잠시 슬픈 표정을 지어 보이더니 이내 입을 열었다.

"……먼저 마을 사람들 수가 적다는 것은 그만큼 워커들의 수도 적다는 뜻이지요. 하지만 단지 그것만이라면 다른 시골 마을들에 비해 별다를 건 아무것도 없겠죠. 중요한 건 이 마을이 상당한 부자 마을이라는 겁니다."

그는 손가락으로 북쪽과 서쪽을 한 번씩 가리켰다.

"근처에는 쓰레기 소각장과 하수처리 시설이 들어서 있죠. 아마 한 가구당 보상금만 1년에 5천만 원씩은 내려올 겁니다. 그리고 소득은 대체로 그만큼의 소비를 낳지요. 그런 마을 입구에 쇠말뚝입니다. 신속 배달이 불가능하다면 물건을 미리 많이 쌓아두는 수밖에 없지요. 충분하다 못해 넘쳐 날 정도로 말입니다."

진강은 마을 중심에 서 있는 지나치게 말끔하고 멋을 낸 5층 건물을 가리켰다.

"이 마을 전용 대형 마트라고 생각하시면 됩니다. 뭐

크기는 그에 비할 수 없을 정도로 초라하고 마을 주민들 취향에 맞추다 보니 종류도 제한되어 있지만 양만큼은 충분합니다. 거기다 건물 전체를 건물 내부에 설치된 자가발전기로 돌릴 수도 있으니 완벽하지요."

공사가 커지면 그로 인해 떨어지는 콩고물도 커진다.

무슨 예술가의 작품처럼 파격적이진 않았지만, 확실히 평범하지 않은 건물 외형부터 자가발전기. 어차피 누군가가 공사비를 더 떼먹기 위한 추가 요소였을 테지만 결과적으로 그들에게는 이보다 좋은 조건은 없었다.

"준비가 철저하시군요."

"가시죠."

진강은 앞장서 걷기 시작했다. 작고 고립된 마을이라고는 해도 사람이 없는 건 아니었다. 분명 어디엔가 워커들이 있을 터였으니 안심할 수는 없었다.

"……"

"……"

사람들은 아무 말 없이 그런 진강의 뒤를 따랐다. 그들은 시키지도 않았는데 어디에선가 굵은 나뭇가지나 돌을 구해 들고 있었다.

<u>스스스스</u>.

"……!"

사람들은 바람에 흔들리는 수풀 소리에도 놀라 고개를 돌렸고 몇 명은 반사적으로 들고 있던 돌을 던졌다.

"걱정 마십시오. 최소한 가까이에는 아무것도 없으니까요."

"자, 잠깐만요! 아까 당신이 그 사람들에게 나눠 준 그 붉은 가루들. 왜 우리한테는 안 주는 거예요?"

모든 사람들의 시선이 한 곳으로 쏠렸다.

분위기 파악도 못하고 입을 연 그녀는 성주선이었다. 사람들은 숨을 죽이며 불안한 표정으로 진강을 바라보았다.

"양이 그리 많지 않습니다."

진강은 고개조차 돌리지 않은 채 화를 참는 듯 낮은 목소리로 답했다.

"하지만 그게 있으면 주변에 저것들이 못 오는 거잖아요? 뒷사람에게 하나라도 나눠 주면 더 안전해지는 거 아닌가요?"

"……."

진강은 그 자리에 그대로 멈춰 섰다. 갑작스런 진강의 그런 행동에 다른 사람들은 숨을 멈췄다.

"하아."

진강은 깊은 한숨을 쉬더니 몸을 돌려서는 성주선을 향

해 걸음을 옮겼다.

"……."

"……."

사람들은 눈조차 깜박이지 못하고 그 모습을 바라보았다.

성주선 또한 태연함과 당당함을 가장하고 있었지만, 진강이 다가올수록 그녀의 손발은 점점 더 떨려 오고 있었다.

"……!"

성주선은 바로 앞까지 다가온 진강의 모습에 자기도 모르게 눈을 감았다.

하지만 진강은 그런 그녀를 그대로 지나쳐서는 맨 뒤에 서 있던 박창걸이라는 사내 앞에 섰다. 그리고는 주머니 속에서 유리병을 꺼내 그에게 건넸다.

"받으시지요."

"가, 감사합니다."

창걸은 잠시 멍하니 진강의 얼굴을 바라만 보다가 겨우 유리병을 받아 들었다.

"어차피 제 주변에 있을 땐 필요 없겠지만 일단 가지고 계십시오. 하지만 혹여 그 기루만 믿고 쓸데없는 행동을 하시지는 마십시오. 그건 어디까지나 임시방편이니까요."

진강은 다시 몸을 돌려 앞쪽으로 걸음을 옮겼다. 사람들은 그제야 참았던 숨을 내쉬었고 성주선 또한 떨리는 손발을 진정시켰다.

"가시지요."

진강과 사람들은 다시 걸음을 재촉했다. 마을 안으로 들어가자 저 멀리 논 여기저기를 걸어 다니며 벼들을 짓밟고 있는 워커들이 보였다.

"저, 저기!"

"저런 건 무시하십시오. 어차피 저기서 여기까지 올 때쯤이면 우린 도착해 있을 테니까요."

"하지만……."

그들은 워커들을 무시하고 걸음을 옮겼다. 이후 몇 마리 정도는 그들 앞에 나타나기도 했지만 진강의 손짓에 쓰러져 다시는 일어서지 못했다.

그리고 마침내 그들은 그 건물 앞에 섰다.

마트라기 보다는 평범한 5층짜리 건물이었지만 지어진 지 얼마 안 되서 그런지 외관은 지나치게 깨끗했으며 쓸데없는 외관 장식들도 필요 이상으로 많았다.

문 앞에 놓여 있는 십여 대의 카트가 없었다면 무슨 문화 회관쯤으로 보였을 터였다.

"돈을 얼마나 쏟아부은 건지 모르겠군요."

진강은 문을 열었다.

"들어오시지요. 위층들에 워커들이 몇 명 있기는 하지만 곧 밖에서 몰려들 것들 보다는 적으니까요."

사람들이 건물 안으로 다 들어오자 진강은 문 옆 버튼을 눌러 셔터를 내렸다.

"성진 씨. 주변에서 자물쇠를 찾아서 좀 채워 주시겠습니까?"

"아, 알겠습니다."

"그럼 나머지 분들은 여기서 기다리십시오."

"진강 씨께서는……?"

"저는 위층에 있는 워커들을 처리하고 오겠습니다."

진강은 사람들을 놔두고 계단 쪽으로 걸음을 옮겼다.

셔터처럼 엘리베이터 또한 작동할 테지만 그게 중요한 건 아니었다.

"크오오!"

"우습지도 않군."

계단 위에서 그를 기다리고 있던 워커를 향해 진강은 손을 뻗었다. 그리고 그 손이 주먹을 쥐었을 때 워커는 검은 연기를 뿜어내며 바닥으로 쓰러졌고 다시는 일어서지 못했다.

"둘, 셋…… 여섯인가."

진강이 손을 튕기자 워커의 몸에 푸른 불길이 일었다. 푸른 불길은 연기도 없이, 벽이나 바닥에 작은 그을음도 남기지 않고 시체를 재로 만들었다.

 진강은 천천히 한 층 한 층 올라가며 워커들을 처리했다. 워커들은 검은 연기를 뿜어낸 뒤 단순한 시체로 돌아갔고 그것들은 여지없이 푸른 불길에 휩싸여 재로 돌아갔다.

"마지막이군."

 5층. 주민 부흥 발전회라고 새겨져 있는 어마어마하게 큰 현판을 내건 사무실에서 마지막 워커 두 마리를 처리한 진강은 사무실 소파에 몸을 눕혔다.

"후우……."

 그는 긴 한숨을 내쉬며 피곤한 듯 눈을 감았다. 버스 안에서와는 달리 그는 완전히 잠에 든 듯했고 그 상태로 한참 동안이나 가만히 누워 있었다. 그리고 잠시 후 그는 꿈을 꾸듯 뭔가를 중얼거리기 시작했다.

"……훈구루이 무구루우나후 크툴후 르 리에 우가후나 구루 후타군. 훈구루이……."

 저 먼 곳에서 들려오는 듯한 그 중얼거림은 어딘가 음산하기만 했다.

* * *

"왜 이리 안 오는 거죠?"

진강이 올라간 지 벌써 한 시간. 소식도 없는 진강의 모습에 사람들 사이에는 점차 불안이 싹트고 있었다.

"설마 당하기라도 한 건……."

"그럴 리가요. 지금까지 보여준 능력들을 생각한다면 그럴 리는 없습니다."

"그럼 대체 왜 안 오는 거죠?"

그들은 진강이 가기 전 말한 워커들의 존재 때문에 안으로 들어가거나 할 생각은 하지 못했다.

"크오오!"

하지만 동시에 문밖에서도 몇 마리의 워커들이 셔터에 가로막힌 채 사납게 울부짖고 있었다. 아무리 한다고 해도 들어올 수야 없겠지만, 사람들을 불안하게 만들기는 충분했다.

"크오!"

"아아, 정말……!"

신경질적으로 외친 성주선은 방금 전 유리병을 받았던 박창걸을 향해 다가갔다. 그리고는 당당하게 그를 향해 손을 뻗었다.

"무슨……?"

갑작스런 그녀의 그런 행동을 창걸은 이해하지 못하고 눈만 깜박거렸다.

"내놔요. 그 유리병."

"예?!"

"그 유리병 달라고요. 난 여기 더 이상 못 있겠어요."

"……."

주지 않으면 힘으로라도 빼앗겠다는 눈빛. 그녀의 그 눈빛이 얼마나 강했던지 창걸은 자기도 모르게 한 발자국 뒤로 물러섰다.

"싫습니다."

그는 주머니 속에 든 유리병으로 손을 가져갔다.

"그 사람이 내게 준 겁니다."

"그건 그냥 당신이 맨 뒤에 있었기 때문이잖아요!"

"어쨌든 당신한테는 못 줘요. 애초에 그 사람이 우리보고 여기서 기다리라고 했잖아요!"

"당장 내놔요!"

그녀는 창걸을 향해 달려들었다.

"그, 그만해요!"

"내놓으란 말이야!"

그녀는 유리병이 들어 있는 창걸의 주머니를 잡고 늘어

졌다.

"제발 그만해요! 깨, 깨지겠단 말이에요!"

"그러니까 빨리 내놓으라고요!"

점점 심각해져 가는 그 모습에 사람들은 급히 그녀를 잡으며 창걸에게서 떼어 놓으려 했다.

"이거 놔! 어딜 잡는 거야! 이거 놓으라고!"

하지만 다른 사람들의 손이 닿자 그녀는 온 힘을 다해 저항했다. 마치 덫에 걸린 야생동물처럼 필사적으로 휘두르는 그녀의 두 팔과 버둥대는 두 다리에 그녀를 말리던 사람들은 여기저기를 걷어차이고, 맞고 또한 상처를 입었다. 특히나 정진의 경우 그녀를 떼어 놓으려다 턱과 흉곽, 옆구리를 심하게 얻어맞았다.

"좀 그만 좀 해요!"

다시 한 번 그녀의 팔이 그의 왼쪽 가슴을 강타하자, 더 이상 참을 수 없다는 듯 정진은 그녀를 땅으로 내던져 버렸다.

"아앗! 이게 뭐하는 짓이에요?! 하여간 남자들이란 무식해서……!"

"좀 작작 좀 하라고!"

특유의 그 고운 목소리 때문에 다른 이들 같은 박력은 없었지만 그가 얼마나 화가 났는지 알려 주기는 충분했다.

"대체 이게 뭐하는 짓입니까? 좀 조용히 있어 주는 게 그렇게 힘들어요?"

"뭐? 그럼 언제 올지도 모르는 그 사람만 기다리고 여기서 입도 뻥긋 않고 있을까? 응? 이미 당했을지도 모르는 그 사람을? 하다못해 찾으러 가 보겠다는 게 뭐가 문제야?"

그녀는 바닥에 주저앉은 채 악을 쓰며 외쳤다.

"……."

정진은 말문이 막혀 아무 말도 하지 못했다. 확실히 그녀의 말이 틀린 것은 아니었다. 또한 넘어지며 다리를 삐었는지 움직일 때마다 조금씩 일그러지는 그녀의 표정은 그를 더 미안하게 만들었다.

"찾으러 가겠다고요? 아뇨, 그런 게 아니겠죠."

바로 그때 한 남자가 입을 열었다.

"찾으러 가겠다면 유리병을 누가 들고 있던 상관없죠. 같이 가면 되니까요. 당신은 그저 유리병이 갖고 싶었던 거 아닙니까?"

사람들을 밀치고 앞쪽으로 걸어 나와 차가운 말투로 말을 이어가는 그는 김인수이라는 이름의 남자였다. 살짝 마른 듯한 체격에 검은 안경을 쓰고 있는 그는 어딘가 차가워 보이는 남자였다.

그는 주선을 내려다보고 있었다. 그의 눈에는 그녀에 대한 경멸이 숨김이 없이 드러나고 있었다. 자신을 향하는 그 경멸의 시선에 주선은 자기도 모르게 시선을 아래로 내렸다.

"정말 우습지도 않군요. 거기다 당신은 사실 알고 있죠. 그 사람이 당할 리가 없다는 걸요. 당신의 말은 전부 유리병을 얻기 위한 핑계에 불과해요."

"무슨……!"

뭐라고 반박을 하려는 그녀의 얼굴 앞으로 인수는 자신의 얼굴을 들이밀었다.

"아니라고요? 오, 제발! 멍청한 소리는 하지 마세요. 당신이 유리병에 집착하는 게 바로 당신이 그 사람이 당했을 거라 믿지 않는 증거니까요."

그는 그녀에게서 물러났. 마치 더러운 뭐라도 되듯 말이다.

"애초에 그 사람은 유리병을 몇 개씩이나 들고 있어요. 그런 사람이 당했다면 고작 유리병 한 개 정도는 아무 소용도 없다는 소리죠."

"……."

그녀는 아무 말도 하지 못했다. 그리고 그런 그녀를 향해 인수는 조롱 섞인 미소를 지으며 되물었다.

"자, 그럼 다시 묻도록 하죠. 그가 당했을지도 모르니 찾으러 가야 한다는 당신이 왜 아무 쓸모없는 유리병에 이토록 집착하는 겁니까? 이미 우리가 보았듯 유리병의 효과를 믿기 때문입니까? 그렇다면 어떻게 그 유리병을 몇 개나 가진 그가 당했다고 생각할 수 있는 거죠?"

"……."

그녀는 아무런 대답도 하지 못했다. 대신 그저 눈을 아래로 깔고 발목을 매만질 뿐이었다.

인수의 입가에는 조롱과 경멸이 뒤섞인 비릿한 미소가 떠올랐다.

"당신은 애초에 왜 우리가 모였는지부터 기억하는 게 좋겠군요. 죽으려고 왔으면서 이제 와 살려고 멍청한 말이나 해대며 꾀를 부리다니. 정말…… 추하군요."

"뭐라고요?"

추하다는 그 말에 아래로 향하던 그녀의 눈이 다시 위로 향했다.

"추하다고요? 지금 추하다고 그랬어요?"

그녀의 목소리는 옅게 떨리고 있었다. 그녀의 눈 속 초점을 흐리며 흔들리던 그 얇은 악마의 실은 이제 광기라는 모습으로 녹아내려 눈동자 전체를 집어삼켰.

그녀는 흥분한 듯 휘청거리며 몸을 일으켰다. 고통 때

정착

문에 힘들어 보였지만 그녀는 억지로 몸을 일으켰다. 그리곤 쓰러지듯 인수의 옷깃을 두 손으로 잡았다.

"다시 한 번 말해 봐요! 추하다고요?"

"그렇습니다."

"이렇게 만든 사람이 누군데!"

그녀의 눈은 강렬하게 일렁이고 있었지만, 그녀의 눈은 인수를 바라보고 있지 않았다. 초점을 잃은 그녀의 눈은 인수의 뒤쪽 허공을 향하고 있었다. 마치 그곳에 다른 뭔가라도 있듯 말이다.

"당신들 남자들이잖아! 그런데 나 보고 추하다고?!"

그녀는 이미 이성을 잃은 듯 횡설수설 그저 소리를 지르고 있을 뿐이었다.

인수는 그런 그녀의 모습을 차가운 눈으로 다시 한 번 내려다보더니 자신의 옷깃을 붙잡고 있는 그녀의 두 손을 그대로 내쳤다. 두 손으로 몸을 지탱하고 있었기 때문에 그녀는 중심을 잃었고 그대로 바닥으로 쓰러졌다.

"아아……."

퍽하는 큰소리 이후, 그녀의 입에서는 고통스런 신음조차 간신히 흘러나왔다. 몇몇 여성과 남성들이 그녀를 부축하기 위해 달려왔지만 인수는 개의치 않는 듯 조금의 동요도 없이 여전히 차가운 눈빛을 한 채 그녀를 내려다

보고 있었다.

"이제는 광분인가요? 정말 추하군요."

"이봐요!"

"그만하시죠. 아무리 그래도 지금 건 당신이 심했습니다."

그녀를 부축하러 나온 여성과 남성, 두 사람이 인수를 말렸지만 그는 말을 멈추지 않았다.

"무슨 사정이 있는지는 모르겠고 또 알고 싶지도 않지만 여기 있는 사람들 중 사정없는 사람 없습니다. 그러니 최소한 다른 사람들한테 피해는 주지 말란 말입니다."

인수는 그렇게 말하고는 몸을 돌려서는 건물 안쪽으로 걸음을 옮겼다.

"기, 김인수 씨! 어디 가시는 겁니까!"

성진이 급히 그를 불렀지만 인수는 계속해서 걸음을 옮겼다. 그는 뒤돌아보지 않은 채 가볍게 답했다.

"그분을 찾아오겠습니다. 그러면 이런 쓸데없는 일들도 없어지겠지요."

"하, 하지만 안에는 워커가……!"

"제, 제가 같이 가겠습니다!"

성진과 창걸의 그 말에 인수는 걸음을 멈췄다. 그리곤

여전히 그 모습 그대로 돌아서지 않은 채 괜찮다는 듯 오른손을 들어 올려 보였다.

"괜찮습니다. 전 누구와는 달리 헛소리는 안 하는 사람이거든요."

그의 목소리에는 순간 짙은 경멸이 담겼다가 사라졌다.

"그분이 당했다면 유리병 따윈 소용도 없다는 거고, 당하지 않았다면 위험할 것도 없다는 거죠. 어느 쪽이든 필요 없습니다."

"하지만 둘 중 어느 쪽도 아니고 아직 처리하는 중이라면 필요하지 않겠습니까?"

성진의 그 말에 발걸음을 떼려던 그는 다시 발걸음을 멈췄다. 그리고는 어쩔 수 없다는 듯 살짝 몸을 돌려 성진을 바라보았다.

"물론 그 경우라면 확실히 말은 되겠지요. 하지만 전 그렇게 생각하지 않습니다."

그의 입가에 가벼운 미소가 그려졌다. 조소나, 경멸이 담겨 있지 않은 그런 평범하고 담담한 미소였다.

"애초에 그 가능성 때문에 30분이나 더 기다린 거거든요."

그는 그렇게 말하고는 다시 몸을 돌리려 했다. 하지만

"기다리는 김에 좀 더 기다리지 그러셨습니까."

그럴 필요는 없었다. 그의 뒤쪽에는 어느새 내려온 진강이 그들을 향해 걸어오고 있었다.
"죄송합니다. 조금 늦었군요."
진강은 인수와 사람들의 모습을 쭉 둘러보았다. 주저앉은 주선과 그런 그녀를 부축하는 두 남녀, 그리고 어찌할 바를 모르는 사람들. 대충 몇 가지 장면들이 머릿속에 떠오르는 듯한 진강이었지만 그것을 굳이 말로 꺼내지는 않았다.
"그럼 모두 올라가시죠. 4층 주민 편의 시설들을 살펴봤는데 문화 강좌실들은 강좌 대신에 이불과 화투, 바둑판이나 장기판들이 가득하더군요. 방도 여러 개니 남녀로 나눌 수도 있고 꽤 넓은 편이니 거기서 쉬시면 될 겁니다."
진강은 그렇게 말하고는 그들을 지나쳐 문 쪽으로 다가갔다.
"크아!"
"크오! 크오!"
셔터에 가로막힌 워커들이 그들을 바라보며 소리를 지르고 있었다.
"……"
진강은 가만히 워커들을 쳐다보았다. 손짓 한 번으로

가볍게 처리할 수 있을 텐데도 그는 어째선지 이번에는 그러지 않았다. 그는 그저 가만히 쳐다보고만 있었다.

"……."

"크아! 크아!"

그리곤 이내 진강은 워커들을 뒤로한 채 몸을 돌렸다.

"모두 올라가시죠. 배가 고프신 분들을 저쪽 가게나 2층 식료품 매장에서 챙겨서 올라가시도록 하십시오."

사람들은 그제야 하나둘 엘리베이터 쪽으로 걸음을 옮겼다. 성주선 또한 다른 두 사람의 부축을 받으며 걸었고 정진과 몇몇 사람들은 그런 주선을 멀리하듯 먼저 앞으로 나아가 버렸다. 하지만 인수만은 조금의 미동도 없이 서서는 진강을 가만히 바라보고만 있었다.

"하실 말씀이라도?"

시간이 지나고 다른 사람들이 모두 위층으로 올라갈 때까지도 가만히 그 자리에 서 있기만 하는 인수의 모습에 진강이 물었다.

"다른 뜻이 있는 것은 아닙니다만."

주선과의 대화 때와는 달리 인수는 아주 조심스럽게 말을 꺼냈다. 차갑던 그의 말투는 지금은 부드럽고 정중하기만 했으며 또한 겸손했다.

"괜찮으시다면 말씀해 주시겠습니까? 왜 우리인지 말

입니다."

 인수의 물음에 잠시긴 했지만 진강의 표정이 살짝 굳었다가 풀렸다.

 "무슨 말씀이신지요?"

 "당신께서는 분명 이렇게 될 줄 미리 알고 계셨습니다. 솔직히 저로서는 어떻게 그럴 수 있는지도 모르겠고, 여전히 이 상황이 어떤 상황인지도 모르겠지만, 어쨌든 당신께서는 알고 계셨습니다."

 "숨긴 적은 없습니다만?"

 "물론입니다. 다만 이해가 되지 않아서 말입니다."

 "무엇이 말이지요?"

 "만약 세상이 곧 멸망하고 제가 그 멸망을 피할 뿐만 아니라 그 멸망 후에도 살아갈 수 있는 당신 같은 힘을 가지고 있다면, 저라면 친한 주변인들을 살리려 노력할 거 같거든요. 만약 그런 이들이 없다고 해도 최소한 더 효율적인 인간들을 살릴 테고요. 의사나 기술자 같은 자들 말입니다."

 "……."

 진강은 말없이 가만히 인수를 바라보았다. 그리고 그런 그의 모습에 인수는 한층 더 조심스런 목소리로 말을 이어 갔다.

"그런데 당신께서는 자살 모임 같은 곳을 찾아오셨지요. 그리곤 이렇듯 우리를 돌보고 계십니다. 대체 저희 어디에 당신께서 선택할 만한 이유가 있는 거지요?"

"……"

진강은 아무 말도 하지 않은 채 그저 가만히 그를 바라보았다. 그리고 그런 진강을 바라보는 인수의 얼굴에는 불안과 두려움, 그리고 그와 대비되는 묘한 우월감이 뒤섞여 있었다. 마침내 진강이 입을 열었다.

"지금 묻는 이유는 무엇이지요? 궁금하셨다면 버스 안에서도 물을 수도 있었지 않습니까."

"그때는 다른 사람들이 있었지요."

인수의 그 대답에 진강은 다시 잠시 입을 다물었다.

"그 말은 제가 무슨 말을 할지 예상하고 있다는 것 같군요."

진강의 그 말에 인수의 표정에 우월감이 더해졌다.

"그렇다면 말씀해 보시지요. 왜일 것 같습니까?"

"죄책감 때문이겠지요."

인수의 그 말에 진강의 눈동자가 크게 흔들렸다. 그리고 그 모습에 인수는 다시 말을 이어 갔다.

"어차피 죽을 생각이었던 자들. 설사 지키지 못할 상황이 온다 해도 어차피 죽었을 사람들이라면 그때의 죄책감은 적을 테니까요."

"……."

진강은 아무 말도 하지 않았다. 아니, 말할 필요가 없었다. 이미 그 눈빛이 모든 것을 말해 주고 있었다. 진강은 고개를 돌렸다. 그리곤 밖에 서 있는 워커들을 향해 손을 뻗었다.

"크아……!"

콰지지직!

워커들의 온몸이 일제히 뒤틀렸다. 몸 밖으로 부러져 튀어나온 뼈들과 터져 나오는 말라비틀어진 피들. 끔찍한 장면이었지만 진강의 표정은 그저 슬프기만 했다.

"……."

워커들을 끝낸 후 진강은 다시 인수를 향해 몸을 돌렸다.

"대단하시군요. 이 집단 속에 설마 당신 같은 사람이 있을 줄은 몰랐습니다. 그렇다면 그 말 속에 담긴 의미가 무엇인지도 아십니까?"

진강의 물음에 인수는 갑자기 씁쓸한 미소를 지으며 건물 안쪽으로 몸을 돌렸다.

"물론입니다."

그는 천천히 걸음을 떼며 말했다.

정착

"결국 우린 다 죽는다는 소리지요."

"……."

담담한, 혹은 약간의 장난스런 말투. 하지만 진강은 인수가 어째서 몸을 돌렸는지 알고 있었다. 아무리 목소리를 가장한다 해도 그 속에 묻어나는 절망은 숨길 수 없었다.

"저도 하나 물어봐도 되겠습니까?"

뜻밖에 그 물음에 걸음을 옮기던 인수는 진강을 향해 고개를 돌렸다.

"무엇이 궁금하시지요?"

인수의 얼굴에는 호기심과 기대가 묻어 있었다.

"당신께서는 왜 죽음을 선택하셨던 거죠?"

진강의 질문에 인수는 잠시 아무 말도 하지 않았다. 복잡한 표정이 스쳐 지나가듯 하더니 이내 그의 얼굴에 장난스러우면서도 자조가 섞인 듯한 묘한 미소가 떠올랐다.

"글쎄요. 쓸모없는 게 너무 많아서. 그리고 그 쓸모없는 것들과 내 자신이 별 다를 게 없어서. 라고 해두죠."

"……그렇습니까?"

진강은 더 이상 묻지 않았고 인수는 그렇게 진강을 놔둔 채 위로 향했다.

"……"

홀로 남은 진강은 다시 문밖으로 시선을 옮겼다. 어느새 해는 저물어 가고 있었다.

해가 지고 저녁이 되자 사람들은 모여 앉아 식사를 준비하고 있었다.

"다행히 부탄가스와 토치도 충분한 것 같군요."

그들 앞에는 몇 개의 토치 위 냄비들 속에서 밥과 즉석 요리들이 만들어지고 있었다. 애초에 문화 강좌를 염두하고 설계한 방들이었기에 요리 강좌를 위한 전기레인지도 한구석에 확실히 달려 있긴 있었지만, 그들은 최대한 전기 사용량을 줄이고 있었다.

"자가발전기가 달려 있다고는 해도 솔직히 여기 있는 사람들로서는 그 정확한 발전 전력량조차도 알 수 없고,

거기다 혹시라도 고장이라도 나면 그걸로 끝이지요. 그러니 최대한 사용 전력을 줄이는 게 최선이니까요."

그뿐만 아니라 건물 여기저기를 일일이 돌며 방범 카메라, 조명 등 쓸데없는 전기 사용을 줄이기 위해 부분적으로 전력들을 차단했던 그들이었다.

"전기는 그렇다 쳐도 생활용수는 어떻게 하는 게 좋겠습니까?"

식수야 지하 냉동 창고에 쌓여 있는 생수면 충분하지만, 생활용수로까지 쓰기에는 부족했다.

"……"

진강은 답을 해 주지 못했다.

"아마 물탱크가 있지 않을까요? 아까 보니 물이 나오긴 하던데요."

"요즘은 지하수를 끌어오거나 빗물들을 받아서 사용하는 시스템도 있다던데 이 건물도 그렇지 않을까요?"

"건축 관련된 지식을 가진 사람이 없다는 게 안타깝군요."

"애초에 죽으려고 모인 사람들에게 뭘 바라겠습니까."

가만히 대화를 듣고 있던 인수가 입을 열었다.

"아, 물론 두 분은 빼고 말입니다."

그는 성진과 성은을 가리키며 그렇게 덧붙였다.

"근데 폐교의 그 교실들을 보면 어느 정도 식견이 있으실 것 같은데요?"

인수의 말에 성진은 고개를 저으며 말했다.

"실내 인테리어라면 예전에 제가 어깨너머로 몇 번 보고, 참여한 적이 있지만 이런 쪽의 건설이나 시스템은 문외한입니다."

"그렇게 말씀하시는 분께서는 높은 식견을 가지고 계신가 보죠?"

주선이 인수를 향해 비꼬듯 말했다. 하지만 그런 주선의 말에 인수는 어깨를 으쓱하더니 여유롭게 미소를 지어 보였다. 물론 웃고는 있었지만 그녀를 바라보는 그의 눈빛에는 한심함이 가득했다.

"이미 말했다시피, 애초에 죽으려고 모인 사람들에게 뭘 바라겠습니까?"

"흥!"

"다 된 것 같네요."

밥이 다되자 소연과 정진이 냄비를 열고 밥을 그릇에 나눠 담기 시작했다. 사람들 앞에는 각자 육포나 통조림 등 식성에 맞는 음식들이 들려 있었다.

"근데 이렇게 계획 없이 막 먹어도 되는 건가요? 아무리 쌓여 있는 물량이 있다고는 해도 결국 제한되어 있는

데 말입니다."

"자세한 건 내일 의논하도록 하지요. 식량이나 생활용수나 전기량 등등 지금 정하려고 하면 너무 힘드니까요."

과연 인간이란 적응의 동물이라는 것인가. 기존 삶과 현실에 적응하지 못해, 혹은 극단적으로 적응해 죽음을 선택한 이들이었지만, 비록 진강의 도움과 충격적 경험들이 있었다고는 해도 한나절 만에 그들은 살아갈 계획을 입에 담고 있었다.

비록 여전히 복잡한 마음에 입조차 떼지 못하고 있는 이들도 있긴 했지만 확실히 놀라운 변화였다.

식사는 생각보다 훨씬 빨리 끝났다. 준비하던 시간의 1/3도 안 돼서 사람들은 빈 그릇과 함께 수저를 내려놓았다.

"그러고 보니 쓰레기 처리도 문제군요."

식사가 끝나자 그들 앞에는 조금 전에는 없었던 쓰레기들의 산이 쌓여 있었다.

산을 이루고 있는 대부분은 포장지였는데, 물론 면적이 넓어지고 그 사이에 빈 공간이 많아져 그렇다는 원리는 알고 있었지만 내용물이 들어 있었을 때보다 빈껍데기만 남은 지금이 더 많은 부피를 차지하고 있다는 사실은 새삼 신기하기만 했다.

"……적어도 오늘 이건 제가 처리하도록 하죠."

진강은 어디선가 검은 봉지를 가져와 쓰레기들을 담기 시작했다.

"그릇들은 우선 싱크대에 갖다 놓으시고, 슬슬 주무실 준비를 하도록 하지요. 수가 더 적은 여성분들께서 B강좌실을 쓰시면 될 겁니다. 이불이나 담요, 베개 수 확인하시고 부족하면 밑에서 가져오십시오."

문화 강좌를 위해 마련된 교실들이었지만 실제로는 동네 어르신들의 휴게실로 이용되던 만큼 담요나 베개, 이불들도 있었고 또 부족한 만큼 상점에서 가져오면 되기에 침구나 자리는 문제가 없었다.

"여성분들 방은 못 봤지만 여긴 아까 제가 확인해 봤는데 이불은 2장, 베개는 3개가 모자라더군요."

"그럼 제가 내려갔다가 오도록 하죠. 여성분들도 부족한 수를 알려 주십시오."

사람들은 저마다 잠자리에 들 준비를 시작했다.

침구 조달이나 청소 같은 대체적으로 궂은일을 하는 것은 성진, 성은 형제였고 뒤를 따라 정진과 소연, 인수 같은 이들이 진강과 다른 사람들을 도왔다.

그렇게 모든 준비가 끝나고 검은 밤이 찾아왔을 때 사람들은 복잡한 마음을 가진 채 잠자리로 향했다.

"가능하면 밤중에는 개인행동은 하지 말아 주시길 바랍니다."

진강의 말에 사람들은 고개를 끄덕였다.

"여성분들께서는 들어가신 뒤 문을 잠그도록 하시고요."

진강의 그 말에 몇몇 남성들의 표정이 살짝 안 좋아졌다. 특별히 다른 마음을 먹고 있어서가 아니라 이상한 취급을 받았다는 생각 때문이었다.

그들 중 한 명이 조심스럽게 그 심기를 드러냈다.

"잠깐만요. 굳이 서로를 그렇게 경계하게 만들 필요가 있겠습니까? 아까 저분이 말씀했다시피 우리가 왜 여기 모이게 됐는지는 알고 있지만, 그렇다고 우리 중 이상한 마음을 먹을 사람이 있을 거라고는 생각지 않습니다."

"저도 그렇게 생각해요."

소연 또한 조심스럽게 거들었다.

"괜히 서로에 대한 불신을 조장할 필요는 없다고 생각해요."

진강은 말을 꺼낸 최지우라는 남성과 소연을 가만히 바라보았다.

"그건……."

"그건 아니라고 생각합니다."

그리고 진강이 뭐라고 하려는 순간 인수가 끼어들었다.

"이분이 하신 말씀은 애초에 누구를 못 믿거나 해서 하는 말이 아닙니다. 본래 인간이란 위기 상황일수록 종족 번식의 본능이 강해지지요. 전쟁 후 베이비붐 현상처럼 말입니다. 그리고 하물며 이런 상황입니다. 그 누구라도 순간적으로 잘못된 선택을 할 수 있지요. 그리고 그것은 양쪽 모두에게 비극이겠지요."

인수는 말을 이어 가는 중간 진강을 보며 가볍게 고개를 숙여 보였다.

진강은 그에 대한 답으로 가볍게 손바닥을 펼쳐 보였고 인수는 다시 말을 이어 갔다.

"문을 잠그는 것은 여성분들을 보호하기 위한 게 아닙니다. 서로를 위해서 그러한 여지를 조금이라도 더 줄이자는 거지요. 마치 발코니에 안전대를 설치해 놓듯 말입니다."

인수의 그 말에 지우와 소연은 살짝 고개를 끄덕이며 시선을 피했다. 그리고 그런 좌중의 분위기에 인수는 자랑스레 미소를 지으며 진강을 바라보았다.

"훗. 좀 쓰다듬어 주지 그래요? 저렇게 꼬리까지 치고 있는데. 안쓰럽잖아요."

그러나 곧바로 들려온 주선의 그 말에 인수의 표정이

차갑게 굳었다.

"그만하시죠."

인수가 주선을 향해 사납게 고개를 돌리는 순간 진강이 그렇게 말했다. 그는 인수를 향해 가볍게 목례를 해 보였다.

"대신 설명해 주셔서 감사합니다. 어쨌든 이제 모두 주무시도록 하시죠. 내일은 이것저것 할 일이 많을 테니까요."

진강은 그렇게 말하고는 손에 쓰레기 봉지를 들고 문 쪽으로 걸어갔다.

"진강 씨께서는……?"

"저는 옥상에서 이걸 처리하도록 하죠. 또 생각할 것도 있고요. 신경 쓰지 마시고 먼저 주무시도록 하십시오."

"잠자리는 어디로……?"

"저는 오늘은 5층에서 자도록 하겠습니다."

진강이 옥상으로 향하고, 여성들도 곧 자신의 방으로 걸음을 옮겼다.

주선과 인수의 시선이 허공에서 사납게 부딪히긴 했지만 다행히 그저 그걸로 끝났다. 사람들은 저마다 복잡한 마음을 지닌 채 잠자리에 들었고 고요한 정적과 암흑이 건물 전체에 내리깔렸다.

"……."

 옥상 문 앞에 도착한 진강이 가볍게 손을 내젖자 문에 달려 있던 자물쇠는 힘없이 풀려 버렸다. 진강은 자물쇠를 빼 바닥에 조심스럽게 내려놓고는 옥상 문을 열었다.

"하아."

 상쾌한 밤바람이 그의 몸을 스쳐 지나가자 그는 편안한 숨을 내쉬었다. 밤하늘에는 수없이 많은 별들이 빛나고 있었다.

 툭.

 그는 들고 왔던 쓰레기 봉지를 앞쪽으로 던져 버렸다. 그리고 그가 다시 손을 움직이자 쓰레기 봉지에 푸른 불길이 일었다.

 화르륵!

 불길은 강렬하게 치솟아 올랐다. 쓰레기 따위는 한순간에 흔적도 없이 사라졌다. 하물며 철로 된 통조림통조차도 완전히 녹아 흘러내리고 있었다. 하지만 태울 것이 없어졌음에도 불길은 꺼지기는커녕 더 기세를 올리며 맹렬히 타올랐다. 진강은 그 푸른 불길을 바라보며 천천히 입을 열었다.

"백색의 노덴스를 따르는 이들아."

 그런데 조금 이상했다. 그의 입에서 흘러나오는 목소리

는 지금까지와는 달랐다. 5층 사무실에서 잠에 취해 홀로 중얼거리던 그때보다도 더 음산했고 분명 그의 입에서 흘러나오곤 있었지만 그의 입이 아닌 마치 저 멀리 아래에서 들려오는 것처럼 이질적이었다.

"절대 심연의 수문장. 밤하늘의 악몽들아. 나의 부름을 들어라."

그의 목소리에 저 하늘 위 별들이 사라지기 시작했다. 물론 그것은 진짜 별들이 사라지는 건 아니었다. 하늘 위에서 내려오는 검은 그림자들이 밤하늘 별들을 가리며 그를 향해 내려서고 있었다.

"……왔구나."

대부분의 검은 그림자들은 그의 머리 위에 머물렀지만 그것들 중 일부는 그 앞에 내려앉았다. 맹렬히 타오르던 불길은 꺼지고 그림자들을 마주한 진강의 목소리는 원래대로 돌아와 있었다.

"나이트곤(Night—Gaunts)들이여."

그의 앞에 내려앉은 것은 성인 남성 몇 명은 족히 감쌀 것 같은 커다란 한 쌍의 박쥐 날개와 매끈한 몸통에 그대로 달려 있는 거대한 입. 이마에 달린 휘어진 뿔과 날개 끝에 달린 미늘 그리고 촉수같이 긴 두 다리 끝에 억샌 발톱을 지닌 기괴하게 생긴 어떤 생물들이었다.

그것의 이름은 나이트곤. 백색의 노덴스를 따르는 검은 짐승들로 절대 심연으로 향하는 문을 지키는 수문장들이었다.

나이트곤들은 그 거대한 몸과 커다란 입을 지니고 있었음에도 조그마한 소리도 내지 않았다. 그것들의 눈은 몸체 바로 위에 붙어 있었는데 마치 검은 진주와 같이 빛을 내며 진강을 내려다보고 있었다.

"……알고 있다."

그러나 진강은 마치 그것들과 대화를 나누듯 고개를 끄덕이고 있었다.

"알고 있다고 했을 텐데!"

진강의 목소리가 다시 변하고, 그의 몸 뒤로 검은 어둠이 일렁이더니 이내 기괴하게 생긴 검은 손이 나이트곤들 중 하나를 잡아챘다. 그 팔은 마치 다른 차원에서 뻗어 온 것처럼 기괴한 형태를 가지고 있었는데 어떤 부분은 낚시줄처럼 가느다랬으며 어떤 부분은 거인의 것처럼 거대했다. 하지만 설사 똑같은 부분이라도 보는 방향에 따라 전혀 다른 모습을 하고 있었다.

"네 주인과 한 약속은 지킬 거다. 그러니 재촉할 생각은 하지 마라. 너희는 너희 주인이 시킨 것처럼 내 명령을 따르면 되는 거다."

나이트곤(Night—Gaunts) 127

나이트곤들은 진강을 향해 가만히 몸을 숙여 보였다.
"그래 그래야지."

진강의 목소리가 원래대로 돌아왔고, 그는 피곤한 듯 자리에 주저앉았다. 나이트곤을 잡고 있던 검은 손 또한 사라졌다.

"돌아가라. 그리고 크투가의 자식들이 이 땅에 가까이 오지 못하게 만들어라."

진강의 그 말에 나이트곤들은 곧바로 하늘 위로 날아올랐다. 내려앉을 때와 마찬가지로 조그마한 날갯짓 소리도 없이 그들은 정적 속에서 밤하늘 저 너머로 사라져 갔고 주변을 날아다니던 나머지 나이트곤들 또한 그들을 따라 사라졌다.

"……."

나이트곤들이 사라지는 것을 보고 진강은 그대로 옥상 바닥에 몸을 눕혔다. 그는 눈을 감았고 그의 입에서는 다시 음산한 목소리가 흘러나왔다.

"훈구루이 무구루우나후 크툴후 르 리에 우가후나구루 후타군. 훈구루이……."

그는 그렇게 거의 몇 시간이나 바닥에 누운 채 끊임없이 중얼거렸다. 그의 중얼거림은 별들과 달이 다른 자리에 올 때까지 계속해서 이어졌고 그렇게 한참이 지난 후에야 그는 그 음산한 중얼거림을 끝내고 눈을 떴다.

그는 천천히 자리에서 몸을 일으켰다. 어지러운 듯 잠시 휘청이긴 했지만 이내 곧 중심을 잡았다. 그는 바닥에 내려놓았던 자물쇠통을 집어 들고는 계단 쪽으로 걸음을 옮겼다.

그는 계단으로 내려가 문을 닫았다. 문이 닫히고 들어오던 별빛과 달빛마저 사라지자 계단은 그야말로 한 치 앞도 보이지 않는 암흑 속으로 변했지만 그는 당황하지 않았다.

그는 마치 훤히 보이는 것처럼 암흑 속에서 자연스럽게 고리에 자물쇠를 걸었다. 물론 열쇠 같은 건 없었지만, 처음과 마찬가지로 그의 손짓 한 번에 자물쇠는 덜컥 소리를 내며 잠겼다.

그리고 진강은 조금의 망설임이나 두려움 없이 그대로 성큼성큼 계단을 내려가기 시작했다. 어둠 같은 것은 그에겐 아무런 장애도 되지 않는 듯 보였다. 그는 정확히 5층 사무실을 찾아 안으로 들어갔고 그대로 소파에 몸을 눕혔다.

"……"

그는 잠시 허공을 바라보더니 눈을 감았다. 그러나 제대로 잠을 자는 것은 힘들어 보였다. 어느새 창문 밖 동쪽

나이트곤(Night—Gaunts) 129

하늘에는 태양이 떠오르고 있었다.

            *   *   *

"……!"

진강은 갑자기 느껴지는 인기척에 급히 몸을 일으켰다.

"저, 접니다! 진정하십시오!"

그의 앞에 서 있는 것은 성진이었다. 아침 식사 준비가 끝나가는 데도 내려오지 않는 진강을 깨우러 올라온 거였다. 성진은 자신을 향하고 있는 진강의 손가락을 바라보며 잔뜩 긴장하고 있었다.

"아……."

진강은 급히 손을 아래로 향했다.

"무슨 일이십니까?"

"아침 준비가 다 끝나간다고 알려드리러 왔습니다."

"……."

진강은 멍한 눈으로 사무실 벽면에 걸려 있는 시계를 바라보았다. 시계는 어느새 9시를 가리키고 있었다.

"죄송합니다. 늦잠을 자 버렸군요."

"아닙니다. 다른 분들도 대체로 조금 전에 일어나셨습니다."

"그럼 내려가도록……."

진강은 몸을 일으키려다 그대로 바닥으로 넘어졌다.

"괘, 괜찮으십니까?!"

성진이 급히 그를 다시 소파에 앉혔다.

"……괜찮습니다."

그렇게 말하고는 있었지만 진강은 꽤 당황한 표정이 역력했다. 그는 한참을 아무 말 없이 뭔가를 생각하더니 이내 성진에게 말했다.

"죄송하지만 먼저 내려가 주시겠습니까?"

"예. 알겠습니다. 그럼 식사는……?"

"입맛이 없군요."

성진은 진강의 그런 행동이 마음에 걸리긴 했지만 그의 말대로 먼저 문을 나섰다. 홀로 남게 된 진강은 책상 쪽으로 걸음을 옮겼다. 그리곤 의자에 앉아 몸을 구부렸다. 책상 아래에는 어제 그가 매고 있었던 가방이 잘 숨겨져 있었다.

"……."

그는 가방을 꺼내서는 지퍼를 열었다. 가방 안에는 막자사발과 막자가 들어 있었고 그 밑에는 투명한 비닐 봉투에 수없이 많은 붉은색 돌들이 가득 들어 있었다.

마치 보석처럼 반짝이고 있는 이 붉은 돌들의 정체는

경면주사(鏡面朱砂)였다.

고급 한약재들 중 하나이자 과거 주술사나 무당, 도사들이 부적을 그릴 때 사용하는 광물이었다.

"하아."

진강은 깊게 숨을 내쉬고는 돌을 꺼내 막자사발에서 빻기 시작했다. 돌은 쉽게 부서졌고 얼마 지나지 않아 고운 가루로 변했다. 바로 유리병에 담긴 그 붉은 가루들이었다.

"……."

그는 잠시 망설이는 듯하더니 그 가루를 그대로 입으로 털어 넣었다.

"콜록!"

가루들 때문에 기침이 나왔지만, 진강은 가루를 뱉어내지 않기 위해 황급히 물을 들이켰다.

"하아."

가루를 다 삼킨 진강은 몸을 일으켰다.

"생각보다 너무 빨라. 이래서는 도저히……."

그는 품속에서 노란색 부적 몇 장을 꺼내 들더니 사무실 벽과 문, 그리고 바닥에 붙여 갔다.

"왜 혼자 오십니까?"

"나중에 드신다는군요."

인수의 물음에 성진은 그렇게 답했다. 식사 준비는 거의 끝나 있었다.

"그렇습니까?"

인수는 뭔가 미심쩍은 표정을 지었지만 곧 그대로 자리에 앉았다.

냄비에 밥이 지어지고, 사람들 손에는 각자에 취향에 맞는 반찬들이 들려 있다.

얼핏 어젯밤과 다를 바가 없는 풍경이었지만 다른 게 있다면 사람들의 수였다. 어제와는 달리 사람들 수가 몇 명 줄어 있었다.

"주선 씨나 다른 분들은요?"

성진이 그 사실을 눈치채고 물었다.

"다른 분들은 따로 드시겠다고 방으로 가져가셨어요."

"훗! 그딴 여자 안 보니 좋지 않아요?"

인수는 무관심하게 그렇게 말했다.

"좋지 않습니다. 이럴 때 분열이라니요. 제가 가서 데려오겠습니다."

"그럴 수 없을 걸요."

"그래, 그 말이 맞아. 형."

방을 나서려는 성진을 정진과 성은이 막았다.

나이트곤(Night—Gaunts) 133

"애초에 트집 잡으려고 안달이 난 여자라고."

"그렇습니다. 오히려 함께 있는 게 더 분쟁을 일으킬 겁니다."

정진과 성은의 그런 만류에 성진은 하는 수없이 다시 자리에 앉았다. 그리고 그런 그를 향해 인수가 말했다.

"뭐 어차피 진강 씨께서 내려오시면 다 해결될 일 아닙니까. 분쟁이니 뭐니 해도 결국 절대적인 힘 앞에서는 아무런 의미도 없을 테니까요. 아, 감사합니다."

인수는 소연이 나눠 준 그릇을 받아 들었다.

"반박할 수는 없군요."

"애초에 분열이 무서운 건 힘이 나눠지고 그 속에서 일어나는 분쟁의 결과를 장담할 수 없을 때입니다. 하지만 그러한 경우도 진강 씨가 있는 이상 그 어느 쪽도 해당하지 않지요. 결과가 뻔한 경우라면 아무런 문제도 없으니까요."

맞는 말이었다. 몇 대 몇으로 나눠지든 그런 건 아무런 의미도 없었다. 진강이 속한 그룹이 무조건 이길 테니까. 애초에 그가 마음만 먹는다면 여기 있는 사람들 전부를 처리할 수도 있었다.

"애초에 그 여자 쪽에 붙은 세 사람은 무슨 생각인지 모르겠다니까요."

"김인수 씨. 그런 식의 말씀들은 서로 적개심만 일으킬 뿐이에요."

소연이 주의를 줬지만 인수는 멈추지 않았다.

"뭐 어떻습니까. 사실을 말하는 것뿐입니다."

"그런 방식의 생각들에 익숙해지면 결국은 문제를 일으킬 거예요."

"하하! 이거 참."

인수는 그녀를 보고 웃었다.

"순진하신건지, 아니면 그런 척하시는지 모르겠군요. 이미 말했다시피 우리의 생각이나 저들의 생각은 아무런 의미 없습니다. 우리에게는 아무런 힘도 없으니까요. 우리가 서로를 향해 칼을 간다고 해도 실제 우리가 할 수 있는 일은 없다는 겁니다."

인수의 그 말에 소연은 고개를 저었다.

"그렇다 해도 얼마 안 남은 사람들끼리 얼굴 붉히는 건 슬프고 안타까운 일이에요."

인수는 그다지 동의하지 않는 듯했지만, 사람들은 그런 그녀의 생각에 동조했다.

"그렇습니다."

"어쨌든 지금 실질적으로는 이 세계에 우리밖에 남지 않은 거나 다름없으니까요."

인수는 어쩔 수 없이 고개를 끄덕였다.

"뭐 개인적으로는 그 어떤 집단에서도 파벌은 생기고 그것을 조율하는 게 가능한 건 강력한 지도자뿐이라는 게 제 생각이지만, 다른 분들이 그렇게 생각하신다니 앞으로는 제가 조심하도록 하죠."

"고마워요."

그들은 식사를 이어 갔다.

인수는 그가 한 말처럼 더 이상 섣불리 입을 열지 않았고 다른 이들 또한 특별히 다른 말을 꺼내지는 않았다. 식사는 어제보다는 오래 지속되었다. 아마도 어제보다는 덜 피곤해 허기 또한 줄었기 때문일 것이다.

"그건 그렇고 생활용수가 급하긴 급하군요."

정진은 가려운 듯 팔을 긁적거리고 있었다.

"설거지는 둘째쳐도 좀 씻고 싶습니다."

"분명 아직 수도꼭지에서 물은 나오지만 이게 정확히 아직 수도가 나오는 건지 물탱크가 있는지, 아니면 다른 어떤 방식인지 모르는 이상 함부로 쓸 수도 없고……."

"만약 아직 상수도가 나오는 거라면 지금 미리 물을 받아놔야 합니다."

사람들은 다시 벽을 직면했다.

"우선은 옥상과 지하에 가서 관련 시스템들을 다 함께

살펴보도록 하지요."

"보면 아실 수 있겠습니까?"

"아마 무리겠지만, 그래도 아무런 시도도 안 하는 것보단 낫겠지요."

"그렇겠……?"

사람들의 시선이 소연에게 향했다. 식사를 다 끝낸 듯한 그녀는 자기의 그릇을 정리하더니 이내 육포 봉지와 생수를 들고 자리에서 일어나고 있었다.

"소연 씨……?"

"출출하시면 그냥 여기서 드셔도……."

"네? 아, 제가 아니라 진강 씨 가져다 드릴 거예요."

"하지만……."

"지금은 그래도 나중에라도 드셔야지 않겠어요. 다음 식사 시간 때까지 그냥 기다리시게 할 수도 없잖아요. 하다못해 이거라도……."

"그렇군요."

소연은 강좌실을 나와 5층으로 향했다. 계단으로 나오자 1층에서 들려오는 셔터 소리가 요란했다. 아마도 밤중에 모여든 워커들이 셔터를 뒤흔들고 있는 모양이었다.

"괜찮겠지?"

소연은 걱정스러운지 한 번 아래쪽을 바라보았다. 물론 보일 리는 없었지만 말이다.

"......?"

그런데 천천히 계단을 오르다 보니 그녀의 귀에 다른 소리도 들려왔다. 자세히 들어야 겨우 들려오는 정도긴 했지만 뭔가 타들어 가는 소리와 마치 라디오 잡음과 같은 지지직 소리가 5층에서 나오고 있었다.

소연은 불안한 마음에 조금 더 발걸음 속도를 올렸다.

화르르륵!

지지지직.

"......"

바닥에 앉아 있는 진강의 주위로 스파크와 불길이 일었다가 사라진다. 때로는 푸른 불길이 일다가도, 검은 불길이 일었고, 짧은 스파크가 튀다가도 때로는 어느 순간 거대한 용처럼 방 전체를 덮어버렸다.

"후우."

그의 숨과 함께 그의 입에서 불길한 검은 연기가 뿜어져 나왔다. 얼핏 워커들의 그것들과 비슷해 보이기도 했지만 그것과는 비교할 수 없을 정도로 어둡고 불길했다.

"이런 말하긴 좀 그렇지만, 과연 '기어드는 혼돈'이군. 설마 아직 잠에서 깨지 않았는데도 이 정도일 줄은 몰랐어."

그는 몸을 일으키며 몸 여기저기를 털어냈다. 그의 손이 움직일 때마다 그의 몸에서는 검은 어둠이 흡사 먼지처럼 떨어져 내렸다.

똑똑.

"……!"

갑작스런 노크 소리에 진강은 당황했다.

"저, 아직 주무시나요?"

소연의 목소리에 진강은 급히 방 곳곳에 붙여 놓았던 부적을 떼어냈다. 부적들은 대부분 반쯤 타거나 찢겨져 있었다. 그는 그 잔해들을 모아 손안에서 꽉 쥐었고 그것들은 곧 푸른 불길 속에 완전히 사라졌다.

"아, 아닙니다. 들어오십시오."

그는 손을 털어 푸른 불길을 끄고는 그렇게 말했다. 곧 문이 열렸고 소연이 육포와 생수를 들고 방 안으로 들어왔다.

"……"

"혹시나 식사 시간이 되기 전에 출출하시면 드시라고 가져왔어요."

자신의 손으로 향하는 진강의 시선에 그녀는 멋쩍은 듯 말했다. 그리고 말이 끝날 때쯤 갑자기 뭔가를 깨달은 듯 그녀의 목소리가 작아져 갔다.

"물론 출출하시면 언제든 밑에 상점으로 가 다른 맛있는 걸 드실 수도 있겠지만요."

거의 들리지 않는 목소리로 말을 마친 뒤 그녀는 고개를 숙였다.

"저 한심하죠?"

"그렇지 않습니다."

진강은 그녀에게 다가가 육포를 받아 들었다.

"안 그래도 출출했습니다. 고맙습니다."

"아, 아니요."

진강은 가만히 그녀의 눈을 바라보았다. 그의 눈동자에 특별한 어떤 감정은 묻어 있지 않았지만 흔들림 없이 차분한 그 눈동자에 그녀는 자기도 모르게 고개를 숙였다.

"그, 그럼 전 이만……."

어색한 듯 몸을 돌리려는 그녀를 진강이 잡았다.

"잠시만 기다리시지요."

그녀와 진강의 눈이 다시 마주쳤다. 그녀는 마치 얼어붙은 듯 잠시 동안 아무것도 하지 못했다. 그저 자신을 바라보는 진강의 눈동자를 바라볼 뿐이었다.

"죄송합니다."

그리고 잠시 후 진강은 잡고 있던 손을 놓고 책상 쪽으로 걸음을 옮겼다.

"그저 너무 두려워하실 필요 없다는 걸 말해드리고 싶었습니다."

"저, 저는……!"

"변명하실 필요 없습니다. 그대의 눈동자에는 지금 두려움이 담겨 있으니까요."

"……."

"다만 궁금한 것은 그렇게 두려우면서도 어째서 굳이 올라 오셨냐는 겁니다. 특별히 뭔가 노리는 것도 없으면서 말입니다."

"……."

그녀는 한동안 아무 말도 하지 않다가 그대로 몸을 돌렸다.

"대답은 안 해 주실 생각이십니까?"

그 말에 문을 나서려던 그녀는 그대로 멈춰 섰다.

"올바르기 때문에 해야 하는 일도 있는 거예요. 그리고……."

"그리고?"

나이트곤(Night—Gaunts)

"두려움만 담겨 있는 건 아니에요."

그녀는 그 말을 끝으로 사무실을 나왔다. 홀로 남은 진강은 어딘가 씁쓸한 미소를 지으며 육포 봉지를 뜯었다.

"……?"

 진강이 밑으로 내려왔을 때 강좌실에는 소연을 포함해 5명밖에 없었다.

"다른 분들께서는……?"

 밑으로 내려온 진강은 확연히 줄어든 사람들의 수에 그렇게 물었다.

"주선 씨와 다른 두 분은 B강좌실에서 쉬고 계시고, 나머지 분들은 지하로 가셨어요."

"지하에요?"

"네. 수도 시스템이나 전기 시스템을 보러 가신다고……."

"그렇군요."

진강은 고개를 끄덕였다. 안 그래도 그런 부탁을 하려고 했는데 알아서 이미 하고 있다니 잘된 일이었다.

"그럼 저도 내려가 보지요."

"아, 저기!"

방을 나서려는 진강을 정진이 불렀다.

"아까부터 1층에서 소리가 자꾸 나던데 처리해야 하지 않을까요?"

"그러도록 하죠."

대답 전 잠깐의 머뭇거림이 있었지만 그것을 알아차린 사람은 없었다.

진강은 교실을 나와 1층 아래로 걸음을 옮겼다. 확실히 셔터를 뒤흔드는 소리가 요란하게 나고 있었다.

그는 곧 1층에 도착했다. 계단에서 내려와 모퉁이를 돌자마자 셔터에 잔뜩 달라붙어 있는 십여 명의 워커들이 멀리서나마 확실히 보였다.

"……."

진강은 천천히 문 쪽으로 걸음을 옮겼다. 철커덕 철커덕 셔터는 위태롭게 흔들리고 있었다. 물론 그런다고 해서 어떻게 될 리는 없었지만, 이대로 두면 사람들의 불안은 점점 더 커질 게 분명했다.

"크오! 크오!"

"……."

진강은 워커들을 향해 가만히 손을 펼쳐 보였다. 이제 가볍게 손을 오므리는 것만으로 워커들은 힘없이 쓰러질 터였다.

"아니지."

그러나 진강은 어째선지 손을 그대로 내렸다. 대신 그는 주머니에서 유리병을 꺼내 들었다.

"크오! 크오!"

그러나 어제 다른 두 명이 들었을 때와는 달리 워커들은 그 유리병을 보고도 물러서거나 두려워하는 기색이 없었다. 워커들은 지금까지와 마찬가지로 셔터에 바짝 붙어서는 신경질적으로 울고 있었다.

"훗."

진강은 유리병의 뚜껑을 열고는 그대로 워커들을 향해 뿌렸다.

"크에!"

경면주사 가루가 유리병 밖으로 나오자마자, 아니, 정확히 말하자면 진강의 손에서 떨어지자마자 워커들은 그제야 공포에 질린 비명을 질러댔다. 하지만 이미 늦었다. 경면주사 가루들은 그대로 워커들을 덮쳤고 아주 미량이라도 경면주사에 닿은 워커들은 마치 햇빛에 말린 오징어처럼 그대로 말라비틀어져 바닥으로 쓰러졌다.

"좀 아깝긴 하군."

진강은 빈 유리병을 다시 주머니 속으로 집어넣었다.

"……."

주머니 속에서는 유리병들끼리 부딪히는 소리가 들려왔다. 주머니를 가득 채운 유리병들 중 대부분은 이제 단순한 빈 병이었다.

"어쩔 수 없군. 조금 일찍 다녀와야겠어."

진강은 다시 걸음을 옮겨 다른 이들이 있는 지하 쪽으로 향했다.

"아, 오셨습니까?"

지하 1층은 창고였고 지하 2층으로 내려가니 사람들이 파이프와 기계장치 앞에서 이리저리 고개를 흔들고 있었다.

"어떤지 알아내셨습니까?"

진강의 질문에 인수가 고개를 저었다.

"솔직히 잘 모르겠습니다. 물탱크 같은 건 안 보이는데 단지 다른 데 있는 걸 수도 있고 진짜 물탱크가 없다면…… 그야말로 저희로서는 할 수 있는 게 없는 거겠죠."

"발전기 쪽도 마찬가지입니다. 정말 어디서 설명서라도 좀 구했으면 좋겠습니다."

"뭐 어쩔 수 없지요. 그럼 조사는 나중에 다시 하도록 하고 우선은 버스에 가서 짐을 챙겨오도록 하죠."

"짐을요?"

"예. 좀 있다가 어딜 가야 할 일이 생겨서 그전에 짐을 빼 놓고 싶어서요."

사람들의 얼굴에 의아함이 스쳤다. 일이 생기다니, 그게 가능하단 말인가.

"일……이라니요? 무슨 일이지요?"

진강은 대답 대신 빈 유리병을 꺼내 보였다.

"가지러 가야겠습니다."

"구, 구할 수 있는 겁니까?!"

사람들은 진강의 말에 놀랐다. 유리병 속 가루의 정체를 모르는 그들로서는 그 가루가 어딘가 전설상에나 존재하는 신비로운 어떤 것이라고만 생각해 왔다.

"물론입니다. 뭐, 그리 쉽지는 않겠지만 말이지요."

"알겠습니다. 그럼 가 보도록 하죠."

그들은 기계들과 파이프를 뒤로한 채 다시 1층으로 향했다.

"……?"

계단으로 나온 인수가 고개를 갸웃거렸다.
"소리가 들리지 않는군요?"
"조금 전에 처리했습니다."
"아, 그렇군요."
그들이 입구 쪽으로 나오자 말라비틀어진 나무토막 같은 시체들이 널브러져 있었다.
"자물쇠를 열어 주시겠습니까?"
진강의 요청에 성진은 열쇠를 꺼내 자물쇠를 풀었다. 셔터가 올라가고 사람들은 밖으로 나왔다. 성은이 셔터를 다시 잠그자 진강이 말했다.
"모두 카트를 끌고 오십시오."
진강의 말대로 그들은 하나씩 카트를 잡고 밀었다. 털털거리는 소리와 함께 카트 행렬이 도로로 향했다. 애초부터 나이 든 주민들이 카트를 끌고 집에까지 갈 수 있게 만들어 놓다 보니 무리는 없었다.
"그전에는 대체 저 많은 물량을 어떻게 가져온 거랍니까?"
아직도 저 멀리 있는 목적지를 바라보며 창걸이 말했다.
"아마 쇠기둥이 없었겠죠. 아니면 오토바이 같은 게 있거나, 쇠말뚝을 사이에 두고 다른 차에 짐을 옮겨 실었거

나. 솔직히 정확히 알 수는 없습니다."

"어제 묻고 싶었던 건데 진강 씨께서는 여길 어떻게 아신 겁니까? 자가발전기가 있다는 것도 아시고요."

"티비에서 봤습니다. 돈 문제로 일그러진 작은 마을. 그리고 보상금이라는 이름으로 그들이 누리고 있는 사치."

"그럼 그때부터 준비하셨던 겁니까?"

인수의 그 물음에 침묵이 내려앉았다. 그 물음이 가져올 수 있는 또 다른 물음이 무엇인지 모두 알고 있었고, 그들은 그 주제를 꺼내길 좋아하지 않았다.

"그건 아닙니다. 그러나 나중에 기억해 냈지요."

인수는 더 이상 묻지 않았다.

두리번 두리번.

"걱정 마십시오. 주변에 워커들은 없습니다. 뭐 집안에 갇힌 듯한 몇 마리야 있지만 하룻밤이 지나도록 못 나왔다면 앞으로도 그렇겠지요."

불안한 듯 주변을 살피는 창걸과 지우를 진강이 안심시켰다. 하지만 그들은 진강의 그 말에도 쉽사리 그 불안을 떨쳐 내지 못했다. 조금 더 시간이 지나고 그들은 마침내 버스 앞에 도착했다.

"자, 그럼 싣도록 하죠. 너무 한 번에 다할 생각은 하지 마십시오. 어차피 두세 번은 왔다 갔다 해야 하니까요."

사람들은 짐을 꺼내 카트에 실었다. 짐칸을 가득 채우고 좌석에까지 쌓았던 짐들이었지만, 애초에 워커들에 대한 불안 때문에 아무렇게나 집어넣다 보니 차지하는 공간에 비해 양은 확실히 적었다. 짐과 짐 사이에 빈공간도 많았고 불필요한 포장도 많았다.

"저…… 이것도 가져가야 하나요?"

성은이 스타킹 박스를 들어 올리며 물었다.

"……"

"뭐 언젠가는 쓸 데가 있겠죠."

진강이 답을 주저하자 인수가 대신 받아 들었다.

"자자. 그 정도면 됐습니다. 한 번에 너무 많이 실으면 그만큼 힘들 뿐입니다."

어느 정도 카트가 차자 그들은 다시 되돌아갔다. 그리고 그것을 몇 번 반복한 뒤, 마침내 짐은 카트 두 대 분량 정도만 남았다.

"음. 그럼 다른 분들은 이걸 싣고 먼저 돌아가 주십시오. 성은 씨? 운전해 주실 수 있겠습니까?"

"그러도록 하지요."

"저도 가면 안 되겠습니까?"

인수의 말에 진강은 잠시 망설이더니 고개를 끄덕였다.

"그러도록 하십시오. 빈 카트는 여기다 놓고 가십시오. 나중에 저희가 끌고 돌아가겠습니다."

"알겠습니다."

"아, 그리고……."

진강은 품 안에서 붉은 가루가 든 유리병을 꺼내 성진에게 건넸다.

"다른 분들을 부탁드립니다."

"알겠습니다."

진강과 인수, 성은은 버스에 올랐다.

"어디로 갈까요?"

성은의 물음에 진강은 또다시 작은 쪽지를 꺼내 건넸다. 거기에는 주소가 여러 개 적혀 있었다.

"우선 가까운 데로 가도록 하지요."

* * *

"끝났군요."

마지막 카트를 문 안으로 집어넣고 사람들은 가쁜 숨을 쉬었다. 진강이 걱정할 필요 없다고 하긴 했지만 막을 수 없는 불안한 마음에 건물 입구가 보이는 요 앞에서부터

수확 153

그대로 전속력으로 뛰어왔기 때문이다.

"그, 그렇군요."

창걸은 목이 타는지 카트에 담겨 있는 캔 음료를 집어 들었다.

"아……!"

하지만 한 모금을 입에 가져간 순간 그는 짧은 탄식과 함께 얼굴을 찌푸렸다.

"미지근하군요."

"어쩔 수 없죠. 계속 버스 안에 있었으니."

"근데 이 물건들은 어디다 가져다 놓죠?"

"특별히 냉동 보관을 해야 하는 물건은 없으니 우선은 여기 둬도 괜찮겠지만, 나중을 위해서 일단 생활용품과 식품 정도는 나눠 두는 게 좋겠죠."

"아, 그건 김인수 씨가 어느 정도 해놨습니다."

지우가 인수의 카트 2개를 가리키며 그렇게 말했다.

"식품이랑 생활용품은 미리 나누는 게 좋을 거라고 생활용품만 담으시더라고요."

창걸과 성진은 내심 감탄했다. 물론 누구나 결국에는 생각해 낼 수 있는 단순한 발상이었지만 재빨리 실행에 옮겼다는 사실이 놀라웠다.

"그러면 우리 쪽에서 생활용품만 빼서 저 카트로 모으

죠."

 사람들은 자기들이 맡은 카트에서 생활용품을 빼서 인수의 카트에 집어넣었다. 또한 인수가 붕대나 상비약 같은 의약품들 또한 담지 않은 것을 알아챈 성진은 의약품들은 또 다른 빈 카트에 모으도록 했다. 그리고 얼마 지나지 않아 분류는 완전히 끝났다.
 "금방 끝났군요."
 "그럼 올라가시죠. 슬슬 점심시간이니까요."
 "아, 잠깐만요."
 창걸은 카트를 뒤적거리더니 식빵과 잼을 꺼냈다.
 "빵은 아무래도 빨리 먹어야 하는 거잖습니까."
 "확실히 식사 준비하는 것도 귀찮고 간단히 먹는 것도 나쁘지 않겠군요."
 그들은 계단을 올라갔다. 일을 마친 것에 대한 성취감과 만족감으로 그들의 표정은 밝아져 있었다. 그들은 비록 잠시지만 이 현실을 잊었고, 그전에 있던 과거 또한 잊었다.
 "⋯⋯?"
 그러나 그러한 좋은 감정은 오래 지속되지 못했다. 위층에서 들려오는 격앙된 목소리들에 그들은 서둘러 계단을 올랐다.

"그러니까 내가, 내가 하고 싶은 대로 하겠다는데 니가 무슨 상관이야?!"

"좀 그만하시죠! 지금 상황이 어떤지나 알고 그런 말을……!"

계단을 올라오니 주선과 소연이 복도에서 서로를 향해 목소리를 높이고 있었다.

"무, 무슨 일이십니까?"

성진은 숨을 고르지도 못한 채 그녀들 사이에 섰다. 숨이 턱까지 차오르고 있었지만 그렇게 하지 않으면 그녀들이 문제가 아니라 그녀들 뒤에 서 있는 사람들끼리 당장이라도 몸싸움이 날 것 같았다.

"아니, 성주선 씨께서 이 상황에 샤워를 하시겠다잖습니까!"

지켜보고 있던 정진이 대신 답했다. 아침 식사 이후부터 쭉 B강좌실에 틀어박혀 있던 성주선과 다른 두 명이 갑자기 샤워를 하겠다며 욕실로 향한 거였다.

"때마침 현숙 아주머니께서 샤워실 가까이에 계셔서 다행이지 안 그랬으면 물을 다 쓰셨을 겁니다."

"어차피 콸콸 나오는 물을 못 쓰게 하는 이유는 뭔데!"

"주선 씨. 아직 수도가 살아 있는 건지 아니면 물탱크에 저장되어 있는 물인지 확인을 못했기 때문에……."

성진은 차분하게 주선을 설득하려 했지만 주선은 그런 것 따위는 상관없는 듯했다.

"그래서 뭐요? 그냥 이대로 쓰지 말자고요? 아직 상수도가 살아 있는 거면 어쩔 건데요?"

"그러니까 저희가 확인할 때까지 만이라도……."

"그러니까! 애초에 그걸 확인할 수나 있냐는 말이에요!"

 성진은 그녀의 그 말에 순간 말문이 막혀 아무 말도 하지 못했다. 그녀의 말대로였다. 이대로 시간이 흐르고 몇 번씩 더 살펴본다고 해서 그들이 답을 낼 수 있다는 보장은 없었다.

"그게 중요한 게 아니잖아요! 그렇게 생각하신다면 의견을 건의하신 뒤 다 같이 의논을 해 봐야지 다른 사람들한테 아무 말도 없이 멋대로 쓰려 한 게 문제잖아요!"

 소연의 그 말에 주선은 콧방귀를 끼며 말했다.

"하! 의논? 웃기고 있네! 어차피 모든 결정은 진강이니 뭐니 하는 그 인간이 하는 거잖아! 우리 말 같은 건 들어 줄 생각 따윈 없으면서!"

 또다시 가열되는 분위기에 성진과 다른 사람들은 사람들을 진정시켰다.

"알겠습니다. 무슨 말인지는 잘 알겠습니다. 하지만 그렇다고 해서 물을 쓰시게 할 순 없습니다."

"하! 당신이 뭔데! 세레머니니 하는 건 이미 완전히 물 건너갔다고! 언제까지 책임자처럼 굴 생각인데?!"

"맞아요! 애초에……!"

분위기는 순식간에 흐트러졌다. 주선과 주선에 동조하는 두 명은 막무가내로 자신들의 말만 해댔고, 소연과 성진들은 그런 그들을 설득할 수 없었다. 이대로 간다면 결국은 몸싸움이 될 가능성이 농후했다.

부르릉! 부르릉!

"……?!"

"……!"

그런데 갑자기 시끄러운 엔진음이 들려왔다.

부르릉! 부르릉!

들릴 리 없지만 똑똑히 들리고 있는 이 소리에 사람들은 일제히 말을 멈추고 소리가 나는 방향의 창문으로 달려갔다. 창문으로 내다보니 십여 대의 오토바이가 마을 입구로 들어서고 있었다.

"뭐, 뭐지?!"

"워, 워커는 확실히 아니지요?"

워커가 아닌 다른 사람들의 존재에 사람들의 얼굴에는 복잡한 감정이 스쳤다. 분명 그들만큼 다른 생존자가 있다는 사실에 기쁘고 반갑기도 했지만, 두렵고 불안한 것 또한 사실이었다. 특히나 진강이 없는 지금 상대가 호의적이지 않다면 문제는 심각해졌다.

"어, 어떻게 하지요?"

"……"

성진의 마음은 복잡했다. 그는 잠시 가만히 있더니 천천히 계단 쪽으로 걸음을 옮겼다.

"여성분들은 우선 여기 계시고, 남자 분들은 따라오십시오."

적어도 이대로 모르는 척 가만히 있을 수는 없었다. 이런 마을까지 일부러 왔다는 것은 저들도 진강처럼 이 건물의 존재를 알고 왔다는 것이고 결국 만나게 될 터였다. 실제로 오토바이들은 곧장 이쪽으로 달려오고 있었다.

성진을 필두로 남자들은 1층으로 향했다. 마음 같아서는 뭐라도 손에 들고 싶었지만, 안타깝게도 적당한 건 주변에 보이지 않았다.

부르릉! 부르릉!

그들의 발걸음이 빨라질수록 오토바이 엔진 소리도 점점 더 커져 갔다. 그리고 그들이 1층에 도착했을 때 때마침 오토바이 선두 그룹 또한 정문 앞에 주차를 마치고 있었다.

"아! 역시 사람이 있었군요!"

오토바이에서 내려 다가오는 이는 사람 좋아 보이는 사내였다. 잘생겼다거나 한 것은 아니었지만 서글서글하게 생긴 얼굴 가득 부드러운 미소를 짓는 그 모습은 처음 보는 사람임에도 확실히 친숙하게 느껴졌다.

"아, 혹시 저희가 놀라게 해드린 건 아니지요?"

사내의 뒤에는 이제 십여 명의 남녀가 모여 있었다.

"아, 아닙니다."

성진은 셔터를 미리 내려놓은 것이 다행이라고 생각하며 입구로 걸어갔다. 보기엔 멀쩡해 보인다고 해도 방심할 수는 없었다. 애초에 진강이 그러지 않았던가. 워커 말고 다른 것들이 있다고.

세상이 멸망하고 온갖 괴물들이 걸어 다니는 현실이다. 눈앞에 이들이 그 다른 것에 속하지 않는다는 보장도 없고 또 그들이 생존자라 한들 호의적이라 낙관할 수는 없었다.

애초에 그들이 타고 온 오토바이에는 짐은커녕 최소한의 식량도 보이지 않았다.

"여, 여러분은 이게 대체 무슨 일인지 아십니까?"

성진은 우선 상대를 떠보기로 했다. 아니, 말이 떠본다는 거지 우선은 시간을 끌고 싶었다는 게 정확한 표현일 것이다.

"글쎄요. 말 그대로 최후의 심판일까요. 솔직히 저희도 잘 모르겠습니다. 갑자기 세상이 완전히 변해 버렸지요."

말투나 내용, 표정까지 평범하기 만한 대답.

"음…… 다른 일행 분들은 없으십니까?"

"예. 저희뿐입니다."

"에…… 그럼……."

성진은 고작 질문 두 개가 한계인 자신의 위기관리 능력에 한탄했다.

이 정도는 시간을 번 것도, 그렇다고 상대의 의중을 떠본 것도 못되었다. 고작해야 인사를 살짝 오래한 정도에 불과했다.

그리고 일단 질문이 끊어진 이상 상대는 결코 그 틈을 놓치지 않을 터였다.

"그보단 가능하면 들어가도 되겠습니까? 좀비들이 올까 불안해서 그런데요."

역시나. 성진은 어떻게 해서든 미루고 싶었던 그 요청에 순간 자기도 모르게 표정이 굳어 버렸다. 성진은 급히 뒤를 돌아보았다. 단순히 표정을 숨기려 한 거였지만, 그는 다른 이들의 시선을 그대로 마주하게 되었다.

다른 이들은 아무 말도, 어떤 행동도 하지 못하고 그저

수확 161

성진만을 바라보고 있었다. 아마도 그렇게 위험해 보이지도 않고 눈앞에 보이는 이들에 대한 평가를 온전히 그에게 미룬 듯했다.

"……."

성진은 가만히 생각해 보았다. 그의 머릿속에서는 인도적인 것과 현실적인 것이 서로 맞붙었다. 그리고 그것과는 별개로 드문드문 떠오르는 그 자신의 자의식은 성진 자신의 위기관리 능력을 두고두고 질책해 댔다.

"후우."

성진은 마침내 긴 한숨을 내쉬며 다시 몸을 돌렸다.

"들어오시죠."

그는 바닥에 달린 자물쇠를 풀고 셔터를 올리며 그렇게 말했다. 아무리 그래도 그로서는 인간적인 도리를 버릴 수는 없었다.

"아, 정말 감사드립니다."

사람 좋아 보이는 사내는 얼굴 가득 환한 지으며 악수를 청해 왔다.

"정말 한때는 어떻게 할까 걱정이었습니다."

"짐은 없으십니까?"

"예. 저희들로서는 오토바이 하나 챙기기도 벅찼거든요."

성진은 다시 한 번 그들이 타고 온 오토바이를 바라보
았다. 거리에서 흔히 볼 수 없는 크기와 날렵한 디자인.
저것들 한 대가 어지간한 중형차 가격일 거라는 건 말하
지 않아도 알 수 있었다.
 "마침 오토바이 동호회 정모날이라서 다행이었습니다."
 "정모라……."
 묘한 우연에 성진은 어제를 떠올렸다. 어제 아침, 아니,
점심때까지만 해도 이렇게 될 거라곤 생각지 않았었다.
세상의 멸망이라니. 새삼 현실이 다시 다가왔다.
 "아, 제가 소개가 늦었네요. 박계정이라 합니다. 그런
데 여러분이 전부신가요?"
 "김성진입니다. 그리고 아닙니다. 다른 분들도 계시지
만 이유가 있어서 저희만 내려왔습니다. 두 분 정도는 잠
시 어딜 나갔고요."
 성진은 사람들이 다 들어온 것을 보고 셔터를 내리고
자물쇠를 다시 걸었다.
 "아, 그렇군요. 어쨌든 생존자를 만날 수 있어서 정말
다행입니다."
 "마찬가지입니다. 그럼 올라가시겠습니까?"
 "그럴 수 있다면 더할 나위 없는 기쁨일 겁니다."
 성진과 사람들은 그들을 5층으로 안내했다. 하지만 성

진은 마음 한편에 드는 어떤 불안을 쉽게 잠재우지 못했다. 그는 어느새 주머니 속에 손을 넣고는 진강이 건네주고 간 유리병을 계속 매만지고 있었다.

"여, 여기인가요?"
성은은 버스를 멈추고 그렇게 물었다. 진강이 건네준 쪽지대로 찾아간 곳은 한 재래시장의 입구였다.
"예, 그렇습니다."
진강의 답에 성은은 자기도 모르게 침을 삼켰다. 시장 안에는 족히 수백은 될 것 같은 많은 워커들이 버스를 노려보고 서 있었다. 아니, 시장 골목이 문제가 아니라 이곳까지 오며 지나쳐 온 수없이 많은 워커들이 버스 소리를 따라 이곳으로 걸어오고 있었다.
다행히 버스에 가까이 오지는 않고 있었지만 내린다면 일제히 달려들 게 분명했다.
"정확히 뭘 찾으면 되는 겁니까?"
인수의 물음에 진강은 고개를 저었다.
"두 분은 그냥 여기에서 기다리시는 게 좋겠습니다."
진강은 성은을 향해 손짓을 했다. 앞문을 열어 달라는 요청이었다. 하지만
"그럴 수는 없습니다."

인수가 먼저 앞으로 나와 문을 가로막았다.

"단지 기다리기만 하는 것이라면 따라온 것에 무슨 의미가 있겠습니까?"

진강은 가만히 인수를 바라보았다.

물러설 생각 같은 건 없어 보였다.

"위험할 수도 있습니다."

진강의 그 말에 인수는 미소를 지었다.

"그 말은 허락으로 듣겠습니다."

인수의 그런 태도에 진강은 어쩔 수 없다는 듯 고개를 끄덕였다.

"알겠습니다. 그럼 제 곁에 꼭 붙어 있도록 하십시오."

성은은 문을 열었다.

"저는 기다리도록 하겠습니다."

진강과 인수는 버스에서 내렸다.

"크오오!"

그리고 그와 동시에 사방에 있던 워커들이 그들을 향해 달려들었다.

탁!

진강이 손가락을 튕기자 워커들은 그대로 바닥으로 쓰러졌다. 한두 마리 정도가 아니라 그들의 주변, 그들의 시선이 닿는 모든 곳의 워커들이 그대로 바닥으로 쓰러졌다.

"과, 과연 대단하시군요!"

"곧 깨어날 겁니다. 그러니 빨리 움직이도록 하죠."

진강은 시장 안쪽으로 걸음을 옮겼고, 인수는 그런 진강의 뒤를 따랐다.

"……"

인수는 쓰러진 워커들 때문에 걷기 어려웠다. 깨어나지 않을 거란 걸 알고 있어도 쓰러져 있는 워커들을 밟을 수 없다.

"괜찮습니다. 그냥 밟고 지나오십시오."

"아, 아니 그래도 좀……"

진강은 더 좁은 골목 안으로 다시 걸음을 옮겼다. 그가 멈춰 선 곳은 허름한 가게 앞이었다. 부적들부터 갖가지 제기용품, 조잡한 가짜 만다라와 가짜 옥, 가짜 수정. 그리고 화려한 옷들. 바로 무속 도구점이었다.

"여, 여깁니까?"

"그렇습니다."

탁!

진강은 다시 한 번 손을 튕겼다. 그리고 그와 함께 가게 안쪽에서 뭔가 쓰러지는 소리가 들려왔다.

"들어가시죠."

인수는 여전히 뭐가 뭔지 모르는 상태로 진강을 따라

가게 안으로 들어갔다. 가게 안은 보기보다 넓었다. 수없이 많은 신상과 무구들이 쌓여 있었지만 진강은 안쪽으로 걸음을 옮길 뿐이었다.

"여기 있군요."

그리고 마침내 그는 뭔가 찾아낸 듯 선반에서 박스들을 꺼냈다. 그 안에는 진강의 가방 속에 있던 것과 마찬가지인 반짝이는 붉은 돌들이 고급스러운 포장지에 쌓여 있었다. 그리고 다른 상자 안에는 포스터 물감을 담는 작은 통들이 가득했는데 그 안에는 붉은 가루들이 담겨 있었다.

"이, 이거였습니까? 경면주사?"

"아시는군요?"

"예. 알고 있습니다. 부적을 그리는 데 사용하는 거잖습니까."

"그렇습니다. 그리고 떠난 신들의 힘을 아직도 잡아두고 있는 유일한 광석이죠."

진강은 그렇게 말하고는 박스 안에 있는 물건들을 꺼내기 시작했다. 그는 먼저 고급 포장지를 열어 다시 빈 상자 안에 쏟아 넣었다.

"신들이…… 떠났다고요?"

인수는 겨우 정신을 차린 듯 더듬더듬 입을 열었다.

"아, 아니 애초에 진짜 신이 있는 겁니까?"

"그렇습니다. 수없이 많은 신들께서 계셨지요."

진강은 모든 돌들을 상자에 풀어 놓고는 이제 가루가 담긴 통 쪽으로 시선을 돌렸다.

"너무 가짜가 많군요. 진짜 포스터물감을 말려서 빻은 것도 있고요."

그는 들고 있던 통을 들고 선반 뒤쪽으로 걸음을 옮겼다. 거기에는 워커 하나가 쓰러져 있었다. 그는 뚜껑을 열고는 내용물을 그대로 워커 위에 쏟아부었다.

"크에! 크에에!"

워커는 고통스럽게 몸부림 쳐댔다. 하지만 완전히 말라 비틀어져 버렸던 전과는 달랐다. 워커는 한참 동안이나 몸부림친 뒤에야 검은 액체를 온몸에서 흘리며 죽었다.

"역시나군요. 고작 이런 놈 하나도 간신히 처리하다니."

진강은 선반에서 도자기로 만든 커다란 물그릇을 꺼내서는 통들에 담긴 가루를 쏟아부었다. 꽤 많은 통들이 있었지만 모아 놓으니 고작 한 사발 정도밖에 되지 않았다. 그는 그걸 인수에게 건넸다.

"이걸 가지고 계십시오. 특별히 쓸 수는 없겠지만 버리기는 아까우니까요. 가면서 거리에 뿌리도록 하죠."

인수는 멍한 얼굴로 그 사발을 받아 들었다. 하지만 곧 고개를 저으며 입을 열었다.

"자, 잠깐만요. 신들이 떠나다니 무슨 말씀이십니까?"

"말 그대로입니다. 우리의 세상이 멸망을 맞이할 때 지금까지 이 땅에 있던 모든 신들께서는 이 땅을 떠나 다른 곳으로 향하셨지요. 그들의 아래에 있던 모든 것을 데리고요."

"모든 것이라면……?"

"대다수의 동물과 인간이지요. 세상의 죽음 직전에 모든 인간과 동물들의 영혼을 데리고 신들은 이 땅을 떠나셨습니다."

"대체 어디로 말입니까? 그리고 왜요?"

"반고 신화를 아십니까?"

"예. 중국의 창조 신화지요. 반고라는 거인이 죽고 그 시체가 변해 이 세상이 되었다는 독특한 신화였죠."

진강은 박스를 집어 들었다. 그리곤 밖으로 걸음을 옮겼다.

"실제로도 그 신화와 비슷합니다. 다만 다른 점이 있다면 반고는 거인이 아니고, 또한 죽어서 세상이 된 게 아니란 거죠. 세상은 일종의 하나의 생명체였습니다. 물론 우리가 생각하는 생명의 기준과는 다르겠지만 말이죠. 어쨌든 우리는 그 생명체 속에 존재해 왔습니다. 그 어떤 위대한 신들 또한 마찬가지지요. 그런데 그 생명체가 바로 어제 죽음을 맞이했습니다. 아, 오면서 워커들한테 조금씩 뿌리십시오."

인수는 진강의 말대로 쓰러져 있는 워커들에게 조금씩 뿌렸다. 그리고 워커들은 고통스럽게 몸부림쳐 댔다.

"신들은 놀랐지만, 재빨리 해야 할 일이 뭔지 깨달았지요. 그래서 온 힘을 다해 가능한 모든 영혼을 데리고 이 땅을 떠난 겁니다."

"그렇다면 우리는, 그리고 당신이 말한 다른 사람들은 왜 남겨진 겁니까?"

"실수지요."

인수는 순간 발을 잘못 디뎌서 넘어질 뻔했다.

"시, 실수요?"

"예. 애초에 예상하지 못했던 일이고 급하게 하다 보니 모두 데려가지는 못한 거죠."

"자, 잠깐만 기다리십시오!"

인수는 들고 있던 사발을 던져 버리고는 앞서 걷던 진강의 앞에 섰다.

"신들조차 예상하지 못했던 일이라고 하셨잖습니까? 하지만 당신께서는 분명 멸망이 올 것이란 걸 알고 계셨습니다."

"……."

진강은 아무 대답도 하지 않았다.

"말해 주십시오. 대체 어떻게 신들조차 알 수 없었던 일을 당신은 알고 계셨고 또 우리가 남겨질 거라고는 어떻게 아셨던 겁니까?"

"……."

진강은 대답하지 않았다.

"알겠습니다. 딱히 저도 당신을 추궁하려는 건 아니니까요. 그럼 이것만 가르쳐 주십시오. 설사 세상이 죽었다고 해도, 신들은 왜 그리 급히 떠나야 했던 겁니까?"

"신들은 괜한 분쟁을 피한 겁니다."

"분쟁이라니요?"

"죽은 세상의 시체를 찾아 드는 것들과의 분쟁 말입니다."

"워커 같은 것들 말입니까?"

인수의 물음에 진강은 실소를 참지 못했다.

"하하! 말했다시피 이것들은 기껏해야 구더기에 불과합니다. 제가 말하고자 한 자들은 신들에 의해 세상 밖으로 쫓겨난 신들, 그리고 세상 밖에 존재해 온 또 다른 신들을 이야기하는 겁니다."

"또 다른 신들이라니 무슨……?!"

수확 171

그런데 순간 쓰러져 있던 워커들이 술렁였다가 다시 잠잠해졌다.

"조금 있으면 깨어날 모양이군요. 빨리 버스로 가십시다."

진강의 그 말에 인수는 더 이상 묻지 못하고 걸음을 옮겼다. 하지만 그들이 버스에 도착하기 전에 워커들은 그 몸을 일으키고 말았다.

"귀찮게 되었군요."

진강이 손을 움직이자 그들 앞에 있던 워커들이 옆쪽 벽으로 그대로 날아갔다. 하지만 단지 그뿐 워커들은 계속해서 그들을 향해 몰려들었다. 인수는 진강에게 다가가려 했지만, 이미 그들 사이에는 워커들이 몰려들어 있었다.

"또 손가락을 튕기면 안 됩니까?"

"안타깝게도 연속으로 통하진 않거든요."

진강이 또다시 손을 움직이자 워커들이 양쪽으로 날아가며 길이 만들어졌다.

"뛰십시오!"

인수는 전속력을 다해 달리기 시작했다.

"크아!"

워커 몇 마리가 그를 향해 달려들기도 했지만 진강의

손짓에 그대로 반대편으로 날아가 버렸다.

"뒤돌아보지 말고 뛰세요!"

진강의 목소리가 어느새 꽤 멀어져 있었지만 인수는 속도를 늦추거나 뒤를 돌아보지 않았다. 그것이 진강이 돕는 최선이란 것을 그는 알고 있었다.

마침내 인수는 버스에 올라탔고 워커들은 더 이상 그를 쫓지 않았다. 대신 진강이 있는 쪽을 향해 몸을 돌렸다.

"……!"

인수와 성은은 걱정스럽게 진강이 있는 곳을 바라보았다. 족히 수백은 될 것 같은 워커들이 그를 향해 달려가고 있었다. 아무리 지금까지 놀라운 모습을 보여주었던 진강이라도 눈앞에 상황을 쉽게 어떻게 하기는 어려워 보였다.

"크오오!"

"크아!"

실제로 진강이 손짓을 한 번 할 때마다 수십의 워커들이 옆으로 날아가거나 뒤로 쓰러졌지만 그때마다 그 뒤쪽에 서 있던 그 자리를 메워 갔다. 진강이 포위되는 것은 금방이었고 진강은 한 손에는 상자를 든 채 부지런히 손을 움직이고 있었다.

"어, 어쩌면 좋겠습니까?"

인수와 성은은 서로를 바라보며 어찌할 줄을 몰랐다.

길 자체는 그리 좁지 않았지만 내다 놓은 온갖 물건과 진열장들 때문에 버스를 몰고 들어가기에는 무리가 있었다. 억지로라도 들어갈 수야 있겠지만, 그러다가 차가 망가질 수도 있었고 못 나오게 될 수도 있었다.

"저, 저런……!"

어느새 진강은 완전히 포위된 채 한 발자국도 떼지 못하게 되었다. 인수는 조금 전 사발을 던져 버린 걸 후회했다.

"어, 어쩔 수 없습니다!"

성은은 버스에 시동을 걸었다. 억지로라도 버스를 몰고 들어갈 생각이었다. 그런데

"……!"

"……!"

바로 그때 성은과 인수는 온몸을 집어삼킬 것 같은 거대한 음습함에 온몸이 굳어 버렸다. 고개를 돌리자 진강이 있는 곳에서 검은 그림자 같은 게 하늘 위로 솟구치고 있었다.

"무, 무슨……."

인수와 성은은 뭐라 말을 할 수 없었다. 그 그림자를 보는 순간 영혼이 얼어붙는 듯했다.

"크에……."

그리고 그것은 워커들 또한 다를 바 없는 듯했다. 워커들은 눈앞에 있는 그 거대한 그림자에 두려운 듯 낑낑대며 뒷걸음질 치고 있었다.

휘이익!

어디선가 기분 나쁜 바람 소리가 들려오고, 골목을 가득 채웠던 워커들이 일제히 검은 연기를 토해냈다. 검은 연기들은 바람에 휩쓸려 흩어졌고 워커들은 더 이상 움직이지 못했다.

"……"

워커들이 쓰러지고, 인수와 성은은 진강의 모습을 제대로 볼 수 있었다. 검은 그림자에 감싸인 채 그는 거친 숨을 내쉬고 있었다.

"……"

인수는 당장이라도 달려가서 그를 부축하고 싶었다. 적어도 머리로는 그렇게 생각했다. 하지만 그의 몸은 조금도 움직이지 않았다. 아니, 오히려 진강이 그 걸음을 버스 쪽으로 옮길 때마다 당장이라도 저 멀리로 도망치라고 비명을 지르고 있었다.

"아…… 아……"

그것은 성은 또한 마찬가지였다. 그는 당장이라도 핸들을 꺾고 기름이 다 떨어질 때까지 달리고 싶은 충동을 간신히 억누르고 있었다.

"후우……."

다행히 조금 지나자 진강을 뒤덮고 있던 그림자는 차차 줄어들었고 그와 함께 그 기분 나쁜 음습함과 공포도 사라졌다.

"오, 오셨습니까?"

상황에 적합하지 않은 말이란 건 인수 또한 잘 알고 있었지만 그렇게밖에 나오지 않았다. 그의 몸은 아직도 두려움에 떨리고 있었다.

"……괜찮습니다. 자연스러운 겁니다."

그는 자리에 앉았고 즉시 상자를 열었다. 안에 들어 있던 경면주사들 중 반 이상은 그 빛을 잃고 회색으로 변해 있었다.

"다행이군요. 생각보단 많이 남았어요."

진강은 창문을 열고는 회색으로 변한 경면주사들을 던져 버리기 시작했다.

"성은 씨?"

"예, 예?!"

성은은 완전히 얼어 있었다.

"힘드신 건 알고 있습니다만, 다음 장소로 출발해 주십시오."

"아, 알겠습니다."

"바, 방금 전은……?"

"인수 씨."

 진강의 낮은 목소리에 인수는 자기도 모르게 그에게서 물러앉았다.

 "그것들은 나중에 설명해 드릴 테니 지금은 마음부터 추스르십시오. 그렇지 않으면 되돌아오기 어려울 겁니다."

 버스는 다음 장소를 향해 나아갔다.

성진의 안내를 따라 올라온 뒤 계정과 그의 무리들은 순식간에 사람들 사이에 섞여들었다. 탁월한 사교성 때문인지, 아니면 동질감 때문인지 처음 만났음에도 불구하고 사람들은 그들에게 쉽게 마음을 열었다.

어쩌면 애초에 죽음을 위해 모인 그들에게 유대감 같은 건 무리였을지도 모른다. 그들은 서로의 어두운 면을 보았고 그것은 결코 드러내지도, 마주하고도 싶지 않은 거였으니 말이다.

그에 반해 계정의 경우는 그들 입장에서는 세상이 끝난 뒤 처음 보는 일반인이었다. 자신의 어둠을 보인 적도, 그들의 어둠을 본 적도 없었다. 어쩌면 그들은 그 점에 끌린 건지도 몰랐다.

하물며 성주선조차 지금 계정의 옆에 달라붙어서 즐거운 듯 대화를 나누고 있었다.

"그래서 앞으로 어떻게 할 생각이신가요?"

"아, 저희는 우선 생존자들을 찾아 나설 겁니다. 저희나 여러분 같은 분들이 분명 남아 있을 테니까요. 그렇게 생각하지 않으십니까?"

"그럼요! 분명 그럴 거예요!"

하지만 설사 그렇다고 할지라도 이건 조금 이상했다. 지금까지 사사건건 반발만 해대던 성주선이 이제는 아예 그가 하는 모든 말들에 맞장구를 치고 있었다.

"그건 그렇고 여기 안 계신다는 두 분은 어떤 분들이죠?"

"아, 그 사람들이요?"

성주선은 진강과 성은, 인수에 대해 모든 것을 말했다. 특히나 진강의 능력, 그가 했던 말, 진강에 대해 자신이 어떻게 생각하고 무엇을 의심스러워하는지 모든 것을 말이다. 물론 중간 중간 인수에 대한 노골적인 분노도 담겨 있었다.

"그 우습지도 않은 인간은 진강 그 사람에 옆에 딱 붙어서는 기회만 되면……!"

"자자, 진정하십시오."

계정의 그 말에 주선은 그대로 말을 멈췄다.

"그러니까 이 진강이라는 자가 손짓만으로 워커들을 조종하고 처리할 수 있다는 겁니까?"

"예! 그 사람은 대체 정체가……."

"아아아. 조용히 하십시오."

계정의 손짓에 주선은 그대로 입을 다물었다. 아니, 주선뿐만이 아니었다. 계정의 일행을 제외한 방 안에 있는 모든 사람들이 넋이 나간 듯 입을 다문 채 그를 쳐다보고 있었다.

"아아, 대장. 갑자기 이러시면 지금까지 걸었던 암시가 무슨 소용이에요?"

일행 중 하나가 그를 향해 볼멘소리로 말하자, 계정은 아차 싶은 얼굴로 고개를 저었다.

"미안. 미안. 내가 조금 흥분했군."

그의 빠른 사과에 일행은 즐거운 듯 더 그를 책망했다.

"강한 매료 정도로는 오래가지 않는다고 일상 대화를 하면서 약한 암시를 착실하게 계속 주자고 한 건 대장 계획인데 그걸 대장이 망치면 어떻게 해?"

"그래, 미안하다."

"애초에……."

"그만하라니까!"

야수의 포효 같은 고함 소리가 방 안에 울렸다. 계정의 눈동자는 마치 피처럼 짙은 붉은색으로 빛나고 있었다.

일행들은 급히 그 앞에 고개를 숙였고 조금 전까지 장난스럽게 말을 걸던 사내는 바닥에 몸을 바짝 엎드리고 있었다.

"일어나."

그의 말에 사내는 조심스럽게 몸을 일으켰다. 계정의 눈동자는 다시 검은색으로 돌아왔고 그의 얼굴에도 처음과 마찬가지로 사람 좋은 미소가 떠올랐다.

"그냥 조금 힘 조절을 실수했을 뿐이야. 지금까지 걸어 놓은 암시를 지울 정도로 강하진 않았으니 걱정 마."

"근데 대장. 진짜 이 진강이라는 자 정체가 뭐죠?"

"글쎄. 어쩌면 우리 동족일 수도 있겠지. 아니면 마법사, 주술사…… 솔직히 나도 모르겠구나. 하지만 확실한 건 만약 우리 동족이라면 나보다 고위급이란 거겠지."

계정과 다른 이들에 얼굴에 살짝 긴장감이 감돌았다.

"하지만 그가 어떤 자든 이 사태를 예견했다면 우리에게 정확한 답을 내려줄 수 있을 것이다."

그런데 한 여인이 더 이상 참지 못하겠다는 듯 입을 열었다.

"그런데 대장. 한 명 정도만이라도 먹으면 안 될까요?"

그렇게 말하는 여인의 얼굴은 지금까지와는 달랐다. 붉은 눈동자와 날카로운 송곳니. 그녀는 눈앞에 성진을 바라보며 입맛을 다시고 있었다.

"안 돼! 말하지 않았나! 약한 암시로 우리에게 익숙하게 만든 뒤 인류를 재건시켜야 한다고! 지금은 단 한 명이라도 숫자를 죽여서는 안 돼!"

"하지만 대장!"

"말하지 않았나!"

또다시 계정의 눈동자는 붉게 물들었다.

"오늘 우리의 배를 채운다면 내일 굶주릴 것이다. 그래. 분명 혈액 창고에 피는 충분하다. 한동안은 그렇게 연명할 수 있겠지. 하지만 우리는 죽지 않는다. 또한 언제 창고에 공급되는 전기가 끊길지도 모르지. 어쨌든 결국 피는 다할 것이다."

그는 여전히 충동을 자제하지 못하는 다른 이들 하나하나에게 시선을 옮겼다.

"최소한 적정 수가 될 때까지 만이라도 인류 재건에 모든 노력을 다하지 않으면 우리는 결국 영원히 굶주릴 것이다."

"하지만 대장! 남자들 정도는······!"

계정의 몸이 순간 흐릿해지는 듯하더니 어느새 말을 하던 남자의 목을 붙잡고 서 있었다. 계정은 고작 한 손으로 건장한 성인 남성 하나를 번쩍 들어 올리고 있었다.

"언제부터 네놈들이 내 말에 이렇게 토를 달 수 있었지? 세상이 멸망하니 지휘 체계도 끝났다고 생각하나?"

"그, 그럴 리가 있겠습니까!"

그들은 모두 일제히 계정의 앞에 무릎을 꿇었다.

"무질서 속에 있고 싶다면 언제든 말만 해라. 더 이상 나도 네놈들 안 챙기고 약육강식의 이름 속에 모든 먹이를 내가 차지할 테니까."

"죄, 죄송합니다."

간신히 내뱉은 사내의 사과에 계정은 그를 놓아 주었다.

"좋다. 그러면 하던 일이나 마저 하도록 하지."

계정은 다시 성주선 앞으로 가 자리에 앉았고 다른 이들 또한 원래 앉았던 자리로 가 앉았다.

탁!

계정이 손가락을 튕기자 멈춰 있던 사람들은 다시 움직이며 입을 열었다. 방금 전 상황을 기억하는 이는 아무도 없었다.

"아, 그러고 보니 다들 식사를 안 하셨군요?"
"아. 그렇네요!"
"그럼 식사 준비를 하죠."

계정의 그 말에 주선과 몇몇 사람들이 자리에서 일어나 식사 준비를 시작했다. 창걸이 들고 있던 식빵과 잼은 아직까지도 그 자리에 있었고 말이다.

*　　*　　*

"……."

진강의 손짓에 워커가 저 멀리로 날아갔다. 하지만 고작 한 마리의 워커임에도 그는 어딘가 힘들어 보였다.
"괜찮으십니까?"
"예. 괜찮습니다."

그의 옆에는 박스 가득 경면주사가 담겨 있었다. 여기가 벌써 쪽지에 적혀 있는 네 번째 장소였다.
"그저, 좀 피곤할 뿐입니다."

그는 다른 쪽 박스에 손을 가져가더니 가루가 든 통을 집어 들었다. 그리곤 그대로 뚜껑을 열어서는 입속으로 쏟아 넣었다.
"그, 그래도 괜찮습니까? 경면주사에는 수은 성분이 있다고 알고 있습니다."

 그러나 진강은 개의치 않고 다음 통을 열어 입속으로 쏟아 넣었다. 중간 중간 물을 들이키기도 했지만 그는 계속해서 통을 열고 쏟아 넣기를 반복했다. 그리고 거의 한 통을 다 먹고 나서야 그는 손을 멈췄다.

 "후우."

 진강은 긴 한숨을 내쉬었다. 그리고 인수와 성은은 보았다. 그의 입에서 아주 불길한 검은 연기가 살짝 흘러나왔다.

 "괜찮습니다."

 진강의 얼굴은 훨씬 편안해져 있었다.

 "부탁 좀 드려도 되겠습니까?"

 진강의 손짓에 성은과 인수는 박스를 챙겼다.

 "궁금하신 게 많을 거란 건 알고 있습니다. 나중에 다 말씀드리도록 하죠."

 그들은 가게 밖으로 나왔다. 다행히 도로에 가깝다 보니 지금까지와는 달리 가게 문만 나서면 버스에 닿을 수 있었다.

 "그럼 이제 다음 장소로 갈까요?"

 성은의 물음에 진강은 고개를 저었다. 어느새 해는 저물어 가고 있었다.

"이 정도면 됐습니다. 돌아가도록 하죠."

성은은 그의 말대로 버스를 돌렸다. 도로에는 차는 한 대도 보이지 않았다. 대신 인도 여기저기에 뒤집힌 차들이 겹겹이 포개져 있을 뿐이었다.

"……."

버스가 출발하자 진강은 그대로 눈을 감고는 잠에 들었다.

인수와 성은은 그런 진강을 바라보며 아무런 말이나 행동도 하지 못했다. 그 검은 그림자부터 저 자동차들까지. 앞선 두 가게에 들를 때와 이곳까지 오는 동안의 진강의 모습은 뭐랄까 확실히 위험해 보였다.

워커들은 그가 아무것도 하지 않았음에도 불구하고 두려운 듯 도망쳐 댔고, 진로를 방해하는 장애물, 즉, 멈춰진 차들은 그 크기가 크든 작든 진강의 손짓에 장난감처럼 허공에 휘날렸다.

지금이야 진정된 듯싶었지만, 조금 전까지 그는 마치 힘을 제어하지 못하는 것처럼 막강한 힘을 휘둘렀었다.

"……."

차가 어느 정도 달렸을 때 성은은 소매로 흐르는 땀을 닦아냈다.

"피곤하십니까?"

인수의 물음에 성은은 고개를 끄덕였다.

"그런 면이 없지 않아 있긴 하죠."

"제게 대형면허가 있었다면 대신해 드렸을 텐데 말이죠."

"이런 세상이니 무면허도 나쁘진 않을 텐데 말이죠."

말장난에도 그의 피곤은 그대로 담겨 있었다. 단지 오래 운전을 해서라기 보다는 너무 오래 긴장 상태에 있었기 때문이다.

"그렇긴 하죠. 언제 운전 연습을 도와주시면 좋겠네요."

"그러도록 하죠. 서로를 위해서 말입니다."

그런데 순간 성은의 표정이 변했다.

"주유소에 들러야 하겠군요."

어느새 기름이 다 되어 가고 있었다.

"하지만……."

인수는 진강을 돌아보았다. 그는 여전히 잠을 자고 있었다.

"그래도 이대로는 도착할 수 없습니다. 일단 주유소에 세워두고 기다리도록 하죠."

성은은 버스를 돌렸다. 꽤 지나긴 했지만 분명 왔던 길에 주유소가 있었다. 물론 다른 주유소를 찾을 수도 있겠지만 문제가 있다면 진강이 정리해 놓은 도로들 빼고는 멈춰 선 차들 때문에 들어갈 수 없다는 거였다.

왔던 길을 다시 얼마쯤 되돌아가니 저 앞에 주유소가 보였다. 어느새 몰려든 워커들이 몇 마리 보이긴 했지만 확실히 진강이 한 번 처리한 덕분에 그 수는 비교할 수 없을 정도로 적었다. 성은은 주유기 앞에 버스를 갖다 댔다.

"……."

그들은 다시 진강을 돌아보았다. 그는 여전히 기절한 듯 잠들어 있었다. 성은과 인수는 서로를 바라보았다. 워커는 기껏해야 3, 4마리. 주유기는 작동하지 않을 테지만 성은은 어떻게 하는지 알고 있었다.

"미친 짓일 수도 있지만……."

인수는 박스를 열어 경면주사 가루가 담긴 통을 꺼냈다. 그리고는 자신이 하나를 또 하나를 성은에게 건넸다.

"문을 여세요. 같이 나가도록 하죠."

"예?!"

"정다희 씨와 이창호 씨 때를 보셨잖습니까. 덤비지 않을 겁니다."

"하지만 진강 씨는 이 모든 걸 들고 있었는데도 워커들의 공격을 받았습니다."

"그건 아마……."

인수는 뭐라고 말하려다 입을 다물었다. 인수의 눈빛을 보아 그는 뭔가 짐작하고 있는 듯했다.

"한 번 미친 척하고 믿어 주십시오."

성은은 어쩔 수 없이 버스 문을 열었다.

"가시죠."

성은은 여전히 불안했지만 인수를 따라 버스에서 내렸다.

"크으으……."

워커들은 그들을 보고 있으면서도 달려들지 않았다. 아니, 오히려 그들을 피해 뒤로 물러섰다.

"역시나."

인수의 입가에 미소가 그려졌다.

"어떻게 된 거죠?"

"뭐 그게 중요하겠습니까. 빨리 기름부터 넣도록 하죠."

성은과 인수는 주유소 안으로 들어가 한편에 놓여 있는 기름통과 휴대용 수동 펌프를 꺼냈다.

"크으으으……!"

성은이 기름을 넣을 동안 워커는 그들에게 감히 가까이 다가오지 않았다.

"이거 참. 이것만 있으면 그리 걱정할 것도 없군요."

"그러게나 말입니다."

기름통 하나를 다 채웠을 때쯤 그들의 눈에 길 반대편에 있는 상점들이 눈에 띄었다.

"이왕 이렇게 된 거 기름도 어느 정도 챙겨 가고 다른 것도 좀 챙겨 가는 게 어떻겠습니까?"

성은의 말에 인수는 고개를 갸웃거렸다.

"기름이야 그렇지만 다른 건 좀……."

성은은 반대편에 서 있는 워커들을 보았다. 어느새 꽤 많은 워커들이 모여 있었다.

"괜찮을 겁니다. 그렇게 말하신 분은 김인수 씨 아닙니까."

"……."

인수는 쉽게 고개를 끄덕이지 못했다. 진강을 굳이 깨우지 않은 것은 워커의 수가 한 손으로 꼽을 수 있고 단순히 그냥 기름만 챙기면 된다고 생각해서였다. 하지만 다른 물건들이라면 계획과는 달랐다.

"흔히 말하지요. 임무를 실패하게 만드는 것은 계획 이외의 행동을 하는 것이다."

"하지만 사람들이 생활용수 때문에 힘들어하고 있습니다. 물을 많이 가져갈수록 그들에게 도움이 될 겁니다."

"……."

인수는 잠시 고민하더니 이내 고개를 끄덕였다.

"그럼 저 가게에만 잠시 들르도록 하죠."

인수와 성은은 우선 주유소 내에 있는 모든 기름통을 짐칸에 실었다. 고작해야 작은 약수통 10개 정도였지만 보통 주유소에서 기름을 사러오는 사람들을 위해 1, 2통만 미리 받아 놓는 걸 생각하면 좋은 수확이었다.

"그럼 가십시다."

성은이 앞장서자 인수가 그 뒤를 따랐다.

"크르르!"

워커들은 위협성을 질러댔지만 그들이 다가가자 이내 뒤로 물러섰다. 성은의 얼굴에는 미소가 그려졌다.

"역시 걱정할 게 없군요."

"……"

버스를 나올 때와는 완전히 반대 상황이었다. 여유만만한 성은과는 달리 인수는 주변을 둘러보느라 바빴다.

"뭘 그리 걱정하십니까?"

성은은 장난스럽게 워커들 쪽으로 다가갔다. 워커들은 질겁을 하며 뒤로 물러섰고 그 모습에 성은은 다시 미소를 지었다.

"보십시오. 걱정할 것 따윈 없습니다."

하지만 인수의 표정은 펴지지 않았다. 그럴 수밖에 없

는 것이 성은과는 달리 인수는 진강에게 신들에 대한 이야기를 들었다. 그들이 쓸데없는 분쟁을 피해 이 땅을 떠났다는 것. 그리고 그들을 그렇게 떠나보내게 만들 만한 또 다른 신들의 존재. 확신할 수는 없어도 그들 혹은 그들에 가까운 존재들에게 이 경면주사는 통하지 않을 터였다.

"물을 챙겨오도록 하죠."

"그리고 음식도요."

성은과 인수는 가게 안으로 들어갔다. 통조림부터 과자, 음료, 향신료와 양념 등 챙길 것은 산더미처럼 있었다.

"우선은 물부터 챙겨 가도록 하죠."

창고가 어디에 있는지 몰랐기 때문에 우선 그들은 대용량 쓰레기봉지를 챙긴 뒤 물과 통조림 등을 챙기기 시작했다.

"크오오오!"

들려온 어떤 포효에 인수와 성은은 그대로 멈췄다. 꽤 거리가 있긴 했지만 이것의 주인은 결코 워커 같은 게 아니었다.

"서두르도록 하지요."

인수의 말에 성은은 고개를 끄덕였다. 그들의 손은 바빠졌다.

포효는 계속해서 들려왔고 조금씩 가까워지고 있었다. 마침내 커다란 봉지 두 개가 찢어지기 직전까지 가득 찼을 때 그들은 가게를 나섰다.

"어서 가십시다."

그들은 버스를 향해 걸음을 옮겼다. 고작해야 2차선 도로. 금방이었다. 그런데 갑자기 가까운 거리에서 뭔가 쓰러지고 넘어지는 요란한 소리가 들려왔다.

"어서 빨리……!"

"……!"

그들은 돌아보지 않았다. 소리가 어디서 들려오는지 알려고 하지도 않았다. 대신 발걸음을 더 빨리 내디뎠다. 이제 고작해야 몇 미터. 안으로 들어가기만 하면 되었다. 바로 그 순간.

와당당탕!

비닐봉지가 찢기며 내용물들이 바닥에 뒹굴었다. 그들은 그대로 굳어 버렸다. 부디 포효의 주인이 그 자신이 내는 요란한 소리 때문에 이 소리를 못 들었기를 기도했다.

"크오오오!"

하지만 신들이 떠난 세상이어서인지 그 기도는 부질없었다.

요란한 발소리와 함께 포효는 급속도로 가까워졌고 마

침내 그들은 포효의 주인을 볼 수 있었다.

"크아아아!"

그것은 족히 4미터는 될 것 같은 거인이었다. 아니, 그것을 어떤 식으로든 인간이라고 표현하는 것은 무리가 있었다.

길게 늘어뜨린 채 질질 끌고 있는 두 팔은 팔이라기 보다는 촉수에 가까워 보였고 두 다리는 파충류의 것처럼 비늘 같은 게 돋아 있었다.

"어, 어서 빨리 들어갑시다!"

그들은 잘 떨어지지 않는 다리를 재촉해 버스에 올랐다. 하지만 그들이 버스에 올랐든 말든 괴물은 그들을 향해 달려왔다. 그 검푸른 눈동자는 정확히 버스 안 그들을 노려보고 있었다.

"지, 진강 씨……."

그들은 서둘러 진강을 흔들어 깨웠다. 하지만 요지부동. 그는 기절한 듯 자고 있을 뿐이었다.

"크오오!"

어느새 그 괴물은 그 끔찍한 얼굴이 보일 정도로 가까이 와 있었다.

"제, 제길!"

인수는 박스를 열고 아직 광석 그대로인 경면주사들을

한 움큼 집어 들었다.

"뭐, 뭐하시려는 겁니까?!"

"어떻게든지 해 봐야지요!"

인수는 그대로 버스에서 뛰쳐나왔다. 그리고는 길 반대편으로 달려갔다.

"이쪽이다! 이쪽으로 와!"

인수의 외침에 괴물은 그쪽으로 방향을 틀었다.

"크오오!"

"제, 제길!"

아직은 그래도 거리가 있다고 생각한 순간. 괴물의 기다란 촉수가 그의 옆 가로등을 내려쳤다. 아마도 세밀한 조준은 불가능한 듯했지만 인수로서는 심장이 내려앉는 순간이었다.

"이, 이거나 먹어라!"

그는 한 주먹 가득 들고 있던 경면주사를 던졌다. 대다수는 무의미하게 그냥 바닥에 떨어졌지만 몇 개는 확실히 괴물의 몸에 맞았다. 그런 경면주사는 그대로 괴물의 몸에 박히듯 하더니 이내 괴물의 피부를 녹여 가며 안으로 파고들었다.

"크아……?"

괴물은 갑작스런 통증에 의아한 듯 걸음을 멈춰 서더니

경면주사가 파고들고 있는 자신의 배를 내려다보았다. 어느새 경면주사는 완전히 안으로 파고들어 보이지 않았다.

"크아!"

하지만 단지 그뿐. 괴물은 아무렇지도 않은 듯 다시 인수를 향해 걸음을 옮겼다.

"여, 역시 안 되는 건가!"

인수는 몸을 돌려 도망치려 했다. 하지만 바로 그 순간 그의 머리 위로 괴물의 촉수가 만들어 낸 검은 그림자가 드리웠다.

"……!"

인수는 눈을 감았다. 피하기는 늦었다. 아니, 그런 생각을 할 시간조차 없었다. 그는 그냥 그대로 눈을 감았다.

"……?"

하지만 어째선지 아무리 기다려도 충격은 찾아오지 않았다. 의아한 마음에 살짝 눈을 뜨자 괴물의 촉수는 허공에 그대로 멈춰 있었고 괴물은 갑작스런 상황에 당황했거나, 아니면 화가 났는지 팔을 움직이려 몸부림을 치고 있었다.

"가루만 믿지 말하고 했잖습니까."

진강은 버스에서 괴물을 향해 손을 뻗으며 천천히 계단을 내려오고 있었다.

"죄, 죄송합니다."

인수는 서둘러 진강을 향해 달려왔다.

"버스에 타시죠."

진강의 말대로 인성은 곧바로 버스에 올라탔다.

"크오! 크오오!"

괴물은 눈앞에서 사라진 목표에 모습에 더 크게 울부짖었다.

"애처롭구나."

진강이 손을 내리자 촉수는 이제 아무것도 없는 땅바닥을 내려쳤다. 괴물은 그제야 자기의 몸이 움직인다는 사실을 알아채고 천천히 몸을 돌렸다. 그리고 그 검푸른 눈으로 진강을 똑바로 바라보았다.

"가그. 한때 산과 숲을 지배했던 자들아. 어리석은 욕망으로 이 땅의 신들을 모독하고 아직 오지 않았던 바깥 신들을 위해 제를 올렸던 자들아. 악마들조차 버린 구덩이에 그 몸을 숨겨 목숨을 부지한 결과가 그것이더냐? 프나코틱 필사본에 묘사되었던 고결함 따위는 보이지 않는구나."

"크오오오!"

가그, 라고 불린 괴물은 진강의 그 말에도 아무런 반응을 보이지 않았다. 그저 사납게 울부짖으며 다시 촉수를 휘두를 뿐이었다.

"진정 애처롭구나."

진강의 손이 움직이자 촉수는 그대로 잘려 나가 저 멀리 날아갔다.

"크, 크에……?!"

가그는 그 검푸른 눈으로 잘려져 나간 손을 바라보았다. 무슨 일인지 알아차리지 못하는 듯싶었다.

"그토록 오래 기다려 왔거늘 눈앞에 있어도 알아보지 못하는구나."

"크에에!"

가그는 진강과 버스를 향해 돌진했다. 그 거대한 몸집이라면 버스라도 종잇조각처럼 쉽게 짓뭉개 버릴 터였다.

"……."

진강은 손을 뻗었다. 그러자 가그는 그 자리에 그대로 굳어 버린 듯 멈췄다.

"크, 크에……!"

"너희가 모셨던 신들은 자비 따윈 갖고 있지 않지만 너희의 그 어리석음에 경의를 표하며 자비를 베풀어 주마."

화르르륵!

진강이 손바닥을 뒤집자 푸른 불길이 가그를 집어삼켰다.

"크, 크에에!"

가그는 고통스러운 듯 비명을 질러 대고 있었지만 정작 그 몸은 그대로 굳어 있었다. 작은 발버둥도 치지 못하고 가만히 불길 속에서 타고 있었다.

"그 영혼에 안식이 있기를."

진강이 몸을 돌렸을 때 가그는 더 이상 그 자리에 없었다. 그 거대한 몸체는 푸른 불길에 재조차 남기지 못하고 완전히 사라졌다.

"……"

차에 오르자마자 진강은 인수와 성은을 향해 말없이 고개를 숙였다.

"왜, 왜 그러십니까?"

그런 진강의 모습에 둘은 당황해서는 어찌할 줄을 몰랐다. 그리고 그런 그들을 향해 진강은 입을 열었다.

"죄송합니다. 생각보다 깊이 잠들었던 모양입니다."

"아, 아닙니다. 저희야 말로 멋대로……"

진강은 다시 쓰러지듯 앞 좌석에 가 몸을 기댔다.

"제가 왜 이 경면주사를 모두에게 나눠드리지 않는지 아십니까?"

진강은 눈을 감은 채 그렇게 중얼거렸다. 인수와 성은은 대답을 하지 않았다. 애초에 대답이 필요한 질문은 아니었다.

"물론 경면주사는 아주 소량이라도 가지고 있다면 워커들은 감히 덤비지 못합니다. 하지만 지금 이 세상에서 워커 같은 것들은 그리 큰 위협이 아닙니다."

진강은 여전히 눈을 감은 채 손가락을 들어 밖을 가리켰다. 그곳에는 워커들 몇 마리가 걸어 다니고 있었다.

"진짜는 저렇듯 눈앞을 걸어 다니지 않습니다. 사실 조금 전 보셨던 가그 따위도, 에레슈키갈이 이 땅에 보낸 에딤무들도 그리 큰 위협은 아닙니다. 양의 문제겠지만 경면주사로 충분히 물리칠 수 있거든요. 하지만 진짜는…… 전혀 다릅니다."

그의 손짓에 창문 밖 워커들이 검은 연기를 뿜어내며 바닥에 쓰러졌다.

"그들에게는 경면주사만으론 해를 가할 수 없습니다. 하지만 만약 사람들이 자신들이 안전하다고 생각하기라도 한다면 사람들은 마음껏 나다닐 것이고 원하는 모든 것을 할 것입니다. 그리고 그렇게 되면 분명 그들의 눈에 띄겠지요."

"……."

인수와 성은은 아무 말도 하지 않았다. 방금 전 자신들의 행동이야말로 그 말을 증명하는 거나 다름없지 않은가.

"가시죠. 생각보다 늦어 버렸습니다."
어느새 해는 서쪽으로 져 가고 있었다.

버스가 마을 입구 쇠말뚝에 도착했을 때는 이미 해가 진 뒤였다. 그들은 가게에서 챙긴 것들과 경면주사가 담긴 박스들을 들고 버스를 나왔다.
"경면주사가 이렇게 많다는 것은 우선 숨겨야 합니다. 사람들 사이에 괜한 혼란을 일으킬 수도 있으니까요."
"예, 알겠습니다."
진강의 요청에 성진과 인수는 고개를 끄덕였다.
"아침에 두었던 카트는…… 아무래도 가져가신 모양이군요."
"그런 것 같……?!"
인수의 눈에 바닥에 나 있는 바퀴 자국들이 들어왔다.
"이, 이건 뭐죠?"
인수의 손가락을 따라 시선을 옮긴 진강과 성은은 바닥에 난 바퀴 자국들을 볼 수 있었다.
"오토바이 자국 같군요. 그것도 꽤 많은 수에."
진강의 목소리는 낮게 가라앉아 있었다. 그는 어둠 속에서 건물이 있는 쪽을 가만히 바라보고 있었다. 그리고 잠시 후.

"이런 버러지 같은 것들이……!"

분노에 찬 진강의 목소리에 인수와 성은은 자기도 모르게 뒤로 물러섰다.

"따라오십시오."

진강은 잠시 마음을 가다듬더니 이내 차분한 목소리로 말했다. 하지만 그런 목소리와는 달리 진강의 발걸음은 따라가기 어려울 정도로 빨라져 있었다.

"무, 무슨 일입니까?"

"무슨 일이라도……?"

"……."

그런 진강의 태도에 불안한 듯 인수와 성은이 물었지만 그는 답을 하지 않았다. 그는 조금 더 발걸음 속도를 올린 뒤에야 한마디를 내던졌다.

"뱀파이어."

그렇게 진강과 다른 이들이 서둘러 건물로 돌아오고 있을 때, 건물 내 계정 일행도 진강의 도착을 예상하고 있었다.

"대장."

"그래. 아무래도 도착한 모양이구나. 엔진 소리가 가까이에서 멈췄어."

계정은 천천히 몸을 일으켰다. 그의 눈동자는 붉게 물들어 갔고 그 순간 저녁 식사 뒤처리 중이던 사람들은 그 자리에 그대로 멈춰 섰다.

"어떻게 할까요? 이 녀석들을 인질로……?"

사람들은 넋을 잃은 채 이미 인형과 다름없는 모습으로 서 있었다.

"멍청하기는! 잘못해서 다치기라도 하면 어쩔 생각이냐!"

"그럼……?"

"모두 내려가서 맞이한다. 동족이든 아니든 최대한 예우를 갖춰서."

계정은 옷매무새를 가다듬으며 말했다.

"하지만 대장. 자기 동료들한테 암시를 걸었다고 화를 내지 않을까?"

"……그러니 우리 모두 내려가는 거다. 만약 그가 우리를 달가워 않는다면 힘으로라도 꺾어 버리면 되니까."

계정의 신호와 함께 그들은 일제히 문을 나섰다.

"내가 1등이군."

그들이 1층 입구에 도착한 것은 그로부터 몇 초 되지 않아서였다. 고작 몇 초 만에 그 모든 계단을 내려온 것이다. 하지만 더욱 놀라운 것은 분명 신호를 주고 가장 마지막에 출발했던 계정이 그 어떤 누구보다 먼저 도착했다는 점이었다.

"그거야 당연하잖아 대장."

"애초에 대장을 이길 만한 녀석이 우리 중 누가 있다고……."

부하들의 투정에 계정은 어깨를 으쓱해 보이더니 입구 쪽으로 조금 더 걸음을 옮겼다. 그리곤 어느새 챙겨 왔는지 열쇠를 꺼내 자물쇠를 풀고 셔터를 올렸다.

"어서 오십시오! 기다리고 있었습니다!"

조금 과하다 싶을 정도로 멋을 내며 계정은 그렇게 외쳤다. 저 멀리 어둠 속에서 진강과 일행들이 걸어오고 있었다.

"……."

하지만 그와 동시에 그의 손은 뒤에 서 있는 부하들에게 몇 가지 신호를 보내고 있었다. 그 신호를 본 부하들은 비릿한 미소를 지으며 천천히 건물 밖으로 나왔다.

"……."

조금 시간이 지나고, 진강과 다른 두 사람은 뱀파이어들 앞에 멈춰 섰다.

"만나 뵙게 되어 영광입니다. 저는 박계정입니다. 진강 씨와 성은 씨, 그리고 인수 씨지요?"

"……."

계정이 친근하게 인사를 건네 왔지만 진강은 아무런 말도 하지 않았다. 그리고 그런 진강의 모습에 인수와 성은 또한 아무 말도 하지 않았다.

"음음…… 이거 참 조금 어색하군요."

장난스럽게 말하고는 있었지만 계정의 눈빛은 차갑기만 했다. 그는 진강을 위아래로 훑어보며 끊임없이 살피고 있었다.

"이거, 이거 참……."

그러나 계정은 곧 고개를 갸웃거렸다. 그로서는 아무리 살펴보아도 진강의 정체를 짐작할 수 없었다. 계정은 다른 부하들에게도 시선을 옮겼다. 하지만 그들 또한 모르겠다는 듯 고개를 가로저었다.

"뭔가 궁금한 거라도 있나 뱀파이어?"

진강의 그 말에 계정의 표정이 살짝 굳어졌다. 확실히 동족은 아니었다. 심장이 뛰고 있으니 말이다. 하지만 전해 들었던 그 놀라운 능력들과 자신들의 정체를 꿰뚫어 본 것을 보아 평범한 인간은 확실히 아니었다. 거기다 상대는 자신들을 아는데 자신은 상대를 모른다. 확실히 좋지 않은 상황이었다.

"처음에는 은거 중인 동족일 수도 있다고 생각했는데

그건 아닌 모양이군요."

 계정은 곧 그 사람 좋아 보이는 미소를 다시 지어 보였다. 그리고 그와 동시에 그의 눈동자는 천천히 붉게 물들어 갔다. 알아낼 수 없다면 직접 물을 생각이었다. 하지만

 "매료나 암시 같은 건 안 통하니 괜한 수고 할 필요 없다."

 뒤쪽에 서서 반쯤 넋을 잃어 가고 있는 인수와 성은과는 달리 진강은 조그마한 기미도 보이지 않았다.

 "……."

 계정은 눈살을 찌푸리며 눈동자를 원래대로 되돌렸다. 그리고 그의 눈동자가 다시 검게 변한 순간 인수와 성은의 눈동자에도 점점 초점이 돌아왔다.

 "이, 이건……?!"

 "……!"

 "진정하십시오. 잠시 최면에 걸리셨던 것뿐입니다."

 진강은 어지러움에 당황하고 있는 두 사람을 안심시켰다.

 "그보다 동시에 여러 명이라니. 예상보단 훨씬 고위급인가 보군. 400년, 아니 500년 정도 되겠군."

 "아직도 귀여운 523살입니다."

 얼굴 가득 미소를 띠고 장난스런 제스처까지 취하며 답

하고 있는 계정이었지만 그 눈빛에 여유 같은 건 없었다.

"어쨌든 정말 놀랍군요. 다른 분들께 말을 들었을 때는 솔직히 과장이 섞이지 않았나 의심도 했는데, 직접 뵈니 오히려 부족했을 수도 있다는 생각이 드는군요."

"네놈들! 우리 형한테 털끝 하나라도 댔다가는……!"

"진정하십시오!"

다른 사람이라는 말에 정신을 차린 듯 당장이라도 달려나가려는 성은을 인수가 막았다.

"진정하십시오. 다른 사람들은 무사할 겁니다. 그렇지요? 뱀파이어 씨?"

인수의 그 말에 진강만을 주시하고 있던 계정의 시선이 인수에게 향했다.

"호오. 왜 그렇게 생각하시죠?"

그렇게 묻는 계정의 눈빛에는 호기심과 기대감이 담겨 있었다.

"그야 당신은 바보처럼 보이지는 않거든요."

"호오?"

뜻밖에 당돌한 대답에 계정의 눈빛에는 기대감이 더해졌다.

"그거 참 고마운 말씀이기는 한데 그게 다른 사람들이 무사한 것과 무슨 상관이죠?"

"상관이야 있지요. 만약 어떤 집단을 사로잡았을 때 다른 힘 있는 동료가 있고, 그 동료의 능력을 가늠하거나 예상하기 어렵다면, 섣불리 그들을 어떻게 하는 건 어리석은 짓이죠. 인질로 쓸 수도 있고 만약 상대의 능력이 감당할 수 없을 정도로 막강할 시엔 괜히 그의 분노를 살 필요는 없으니까요."

인수의 답변에 계정은 고개를 끄덕이더니 이내 즐거운 듯 되물었다.

"확실히 그렇긴 하죠. 하지만 바보가 아니더라도 내가 스스로의 힘을 과신하지 않았다는 보장은 어디에 있지요? 또 인질로 쓰려고 했다면 쓸모없는 몇 사람 정도는 처리하지 않았을까요?"

"일반적인 상황이라면 그럴 수도 있겠죠."

인수의 그 말에 계정의 눈빛이 마치 어린아이처럼 반짝였다.

"호오? 계속해 보시죠."

"세상이 멸망하고, 보이는 거라곤 온통 움직이는 시체들 뿐. 만약 뱀파이어가 제가 들어왔듯이 인간의 피를 마시며 연명하는 존재라면 이 상황은 그들에게도 결코 달가울 리 없죠. 운 좋게 생존자 몇 명을 찾아 갈증을 해결한다 쳐도 고작 그걸로 끝. 결국에는 말라 죽는 수밖에 없겠죠."

계정의 눈동자는 이제 아주 광채를 발하고 있었다. 그는 인수가 말을 이어 갈 때마다 후렴처럼 낮은 감탄성을 내지르고 있었다.

"그러니 만약 제가 뱀파이어고, 생존자를 찾게 되었다면 아마 무슨 수를 써서라도 보호했을 겁니다. 그러니 당신이 바보가 아니라면 이런 이유들 때문에 사람들은 무사할 겁니다."

짝짝짝!

말이 끝나자 계정은 인수를 향해 아낌없이 박수를 쳤다.

"브라보! 설마 동족이라는 이 녀석들조차 제대로 이해 못한 사실을 보통 인간들 중에서 이해하는 자가 있을 줄이야! 당신 정말 마음에 드는군요!"

계정은 그 뒤로도 한참 동안이나 박수를 멈추지 않았다. 그리고 그런 계정의 모습에 지켜보고 있던 다른 뱀파이어들 중 몇 명은 자기도 모르게 따라 치기도 했다.

"다 맞는 말입니다. 다른 분들께는 손도 대지 않았습니다. 그러니 안심하십시오."

계정의 확답에 성은의 표정이 한결 밝아졌다. 하지만 진강의 대도는 변함이 없었다.

"물론 그렇겠지. 그래서 네놈들을 아직 살려 두고 있는 거니까."

진강의 그 말에 뱀파이어들의 얼굴이 굳었다. 그리고는 보통 사람인 성은과 인수도 느낄 수 있을 만큼 강렬한 살기가 그들에게 쏟아졌다.

"감히 어디서……!"

"대장. 저 놈 하나 정도는 괜찮지 않겠어요?"

그들은 노골적으로 송곳니를 드러내며 말했다.

"그만."

하지만 계정은 손을 들어 그들을 막았다. 물론 그 또한 많이 굳은 표정이었지만 다행히 살기를 뿜어내고 있지는 않았다.

"……그런 말씀은 서로에게 그리 좋지 않을 것 같군요."

"훗. 글쎄."

"이놈이 정말!"

진강의 코웃음에 더 이상 참지 못한 뱀파이어 두 명이 몸을 날렸다. 그들은 순식간에 진강의 양쪽을 점했고, 그들의 두 손은 각각 진강의 목과 심장을 향해 뻗어 갔다. 하지만

"……!"

"……!"

들고 있던 상자를 놓아 버리고 진강이 가볍게 양손을 펼치자 두 뱀파이어는 그 모습 그대로 그 자리에 멈춰 섰다.

"이, 이런!"

그 모습에 가만히 지켜보고 있던 다른 뱀파이어들도 급히 몸을 날렸다. 허공에 흐릿한 잔상을 남기며 뱀파이어들은 진강을 덮쳤고, 진강은 그런 뱀파이어들을 보며 가볍게 손을 휘저었다.

"……!"

멈춰 섰던 두 뱀파이어를 포함해 진강을 덮쳐 오던 뱀파이어들은 그대로 뒤로 날아가 바닥을 나뒹굴었다.

"제, 젠장!"

그들의 옷은 흙먼지로 물들었고 그들의 입가에는 분노 때문에 송곳니가 밖으로 나 와 있었다. 그들은 다시 진강을 향해 몸을 날리려 했다. 바로 그때.

"그만하지 못해!"

계정의 외침과 함께 강렬한 위압감이 온 사방에 내리깔렸다. 뱀파이어들은 그 자리에 그대로 얼어붙었고 몇몇은 다시 바닥으로 쓰러지기까지 했다.

"죄송합니다. 부하들이 무례를 저질렀습니다."

계정은 진강을 향해 고개를 숙여 보였다.

"……."

진강은 아무 말없이 반쯤 쥐어졌던 손바닥을 다시 펼쳤다.

"무례를 사죄하는 뜻에서 저희는 돌아가도록 하겠습니다."

"대장! 그렇게까지……!"

"대체 왜……?!"

갑작스런 계정의 결정에 몇 명이 뭐라고 말하려 했지만 계정의 눈빛에 그들은 그냥 입을 다물었다. 계정은 진강을 향해 다시 고개를 숙이며 말했다.

"이만 떠나려 하는데 실례가 되지 않겠습니까?"

"……."

진강은 말없이 고개를 끄덕였고 계정은 다시 숙여 보인 뒤 다른 뱀파이어들을 향해 손을 들어 올렸다.

뱀파이어들은 살기등등한 눈으로 진강을 한 번 더 노려보더니 이내 어둠 속으로 사라졌다. 그리고 그들이 시야에서 거의 다 사라져 갈 때쯤 계정의 모습 또한 어느 순간 사라져 있었다.

"확실히 머리는 좋은가 보군요."

진강은 인수를 돌아보며 그렇게 말하고는 계정이 서 있

었던 쪽으로 걸음을 옮겼다. 거기에는 열쇠와 자물쇠가 곱게 놓여져 있었다.

"……."

"……."

성은과 인수는 갑작스런 이 상황 변화에 뭐가 뭔지 정신을 차릴 수 없었다. 다만 건물 안으로 들어서는 진강의 모습과 먹구름에 가려지는 달빛을 보며 부랴부랴 안으로 걸음을 옮겼다.

8
안식으로의 산책

"……그만."

계정과 그 일행이 멈춰 선 곳은 그들이 있던 곳에서 한참이나 떨어진 어떤 도시 외곽이었다.

"여기가 분명…… 그래 저쪽쯤에 있겠군."

계정은 잠시 주변을 두리번거리더니 보통 속도로 걸음을 옮겼다. 주변에는 수없이 많은 워커들이 있었지만, 워커들은 그들에게 눈길도 주지 않았다.

"오랜만에 오다 보니 기억이 가물가물하지만 분명히 이쯤이었지."

그는 도로가에 나 있는 간판들을 하나하나 살펴보더니

이내 간판 오른쪽 모퉁이에 칠이 살짝 벗겨져 있는 VIP라는 곳으로 바로 들어갔다.

"그래. 여기야. 들어가지."

계정은 문을 열고는 손짓을 했다. 다른 이들은 무덤덤한 표정으로 그를 따라 가게로 들어갔다.

그런데 계정이 가게 안으로 들어선 바로 그 순간 날카로운 칼이 그대로 계정의 미간을 노리고 날아들었다.

"워워! 진정하라고. 나야 나, 계정이라고."

하지만 계정은 날아든 칼을 두 손가락으로 가볍게 받아들었다. 그리곤 다음 칼날을 던질 준비를 하고 있는 바텐더를 향해 환한 미소를 지어 보였다.

지금까지 봐 왔던 사람 좋은 미소가 아니라 어딘가 섬뜩하긴 하지만 훨씬 자연스러운 미소였다.

"아, 너였냐?"

그리고 그의 모습에 바텐더는 칼날을 내려놓았다.

"미안. 어제부터 들어오는 것들이라곤 시체들밖에 없어서 말이지. 주변 놈들한테 들어오지 말라는 암시를 걸어도 또 다른 놈들이 걸어 들어오더군."

"뭐 엄밀히 말하면 우리도 시체지만."

계정은 익숙한 듯 바텐더 바로 앞에 앉았고 그들은 아무 말 없이 서로를 바라보았다. 그리고 그 짧은 침묵이 끝나자 그들은 누구 먼저랄 것도 없이 호탕하게 웃어댔다.

"하하하! 그렇지! 우리도 시체지! 이 친구 하나도 안 변했군!"

"하하하! 그래도 조금은 변했을 걸. 봐!"

계정은 아직도 입구에서 어찌할 바를 모르고 있는 다른 이들을 가리켰다.

"어느새 내 무리도 있잖아."

"아, 그래. 한 200년 전에 네가 로드의 일원이 되었다는 소리는 들었어. 하지만 금방 관둔 줄 알았는데?"

"관뒀었지. 근데 20년 전쯤에 제발 좀 부탁한다고 매달리더라고. 그래서 한국 지부 정도는 맡아 주기로 했지."

"뭐야. 그럼 한국으로 돌아온 지 20년이나 됐으면서 날 안 찾아왔다는 거야?"

바텐더는 찬장에서 와인잔을 꺼내 계정에게 건넸다. 그리고는 옆에 들고 있던 포도주병을 기울여 잔에 가득 차게 따랐다.

"……!"

온 방 안에 풍기는 그 향기에 입구에 서 있던 이들은 자기도 모르게 입맛을 다셨다. 그것은 포도주가 아니었다. 그것은 피였다.

안식으로의 산책

"으음! 갓 뽑은 느낌이야. 정말 자네 솜씨는 대단하군."

"그럼. 두말하면 잔소리지."

계정은 음미하며 살짝 한 모금을 넘기고는 잔을 옆으로 밀어 놓았다. 그리고는 입구에 서 있는 이들을 향해 손짓했다.

"자! 너희들도 어서 와서 마셔 봐."

"……."

하지만 그들은 오지 않았다. 눈을 잔에 붙인 채 입맛을 다시고 있으면서도 그들은 입구에서 움직이지 않았다.

"왜 그래? 와서 마시라니까? 마음껏 마시라고는 안 할 거지만, 어쨌든 피는 충분해."

여기는 뱀파이어들의 혈액 보관 창고였다. 얼핏 보면 단순한 바였지만 지하 냉동 창고에는 몇 백이나 되는 술병들마다 피가 가득 담겨 있었다.

"……대장."

잠자코 있던 자들 중 하나가 천천히 입을 뗐다.

"대체 왜 그러십니까?"

"뭐가?"

태연하게 되물었지만 계정 또한 무슨 말인지는 알고 있었다. 그 증거로 밀어 놓았던 잔을 다시 가져와 아까와는 전혀 다르게 반 이상을 한번에 들이켰다.

"조금 전 일 말입니다."

정중함을 취하고는 있었지만 그의 목소리는 숨길 수 없는 불만이 가득했다.

"대체 왜 그러신 겁니까? 대장께서 말씀하셨잖습니까. 인류를 재건시켜야 된다고. 그런데 그렇게 많은 인간을 남겨 두고 왜……!"

"……."

계정은 말없이 다시 잔을 기울였다.

"대장님께서 나섰다면 그런 녀석 정도는……!"

"……."

마지막 한 모금을 들이키는 계정의 손은 흔들리고 있었다. 그는 마지막 한 방울까지 흘려 넘기고는 가만히 텅 빈 와인잔과 바텐더를 번갈아 보았다.

끄덕.

그런 계정을 향해 바텐더는 가만히 고개를 끄덕였다.

"고맙네."

중얼거리듯 그렇게 말한 계정은 잠시 망설이는 듯하더니 이내 들고 있던 잔을 그대로 벽으로 던져 버렸다. 잔은 완전히 산산조각이 나 버렸고 요란하지만 맑은 소리가 가게 안에 울려 퍼졌다.

"네놈들은 눈 뜬 장님이냐!"

마치 야수의 그것과 같은 고함 소리와 함께, 계정은 어느새 말을 하던 사내의 목을 붙잡고 서 있었다.

"내가 왜 그랬냐고? 왜 몇 시간 동안이나 암시를 걸고 매료를 걸면서 노력해 온 결과물을 버리고 도망쳤냐고? 왜 그토록 비굴하게 고개를 숙였냐고? 바로 네놈들을 살리기 위해서였다. 이 멍청한 것들아!"

계정은 잡고 있던 사내를 반대편 벽으로 던져 버렸다. 요란한 소리와 함께 가구 몇 개가 부서져 버렸다. 그 모습에 바텐더는 무심한 듯 덧붙였다.

"이봐. 그래도 너무 물건을 부수지는 말라고. 와인잔 하나 정도야 괜찮아도 지나치면 곤란해."

"미안하군."

계정은 고개를 끄덕였지만 그의 눈은 여전히 흥분 때문에 붉게 물들어 있었다.

"멍청한 것들! 만약 내가 1초라도 늦게 고개를 숙였다면 네놈들은 모조리 죽었어! 그자의 손짓에 움직이던 그 강렬한 힘을 네놈들은 못 느꼈던 거냐? 다행히 내가 중간에 멈춰서 무사했지, 그가 주먹을 쥐기라도 했다면 네놈들의 몸은 그대로 짓이겨졌을 거다!"

계정은 손을 뻗어 다른 또 사내와 여인의 목을 움켜쥐

었다. 마치 목을 뜯어 버릴 것만 같은 그 악력에 목을 잡힌 이들은 신음성조차 내뱉지 못했다.

"괴롭더냐? 만약 내가 막지 않았다면 이보다 더한 압력이 네놈들 모두의 몸을 한 순간에 집어삼켰을 거다!"

계정은 여전히 흥분을 가라앉히지 못한 채 한 번 더 손에 힘을 주고는 잡고 있던 손을 놓았다.

털썩.

그가 손을 놓자 두 남녀는 그대로 바닥에 주저앉았다.

이미 그 몸은 차가운 시체에 불과한 뱀파이어. 비록 통증이 없는 건 아니라 해도 그들로서는 설사 목이 부서진다한들 큰 문제가 아니었다. 설사 온몸의 뼈가 모두 조각나 버린다고 해도 하루나 이틀 정도만 지나면 멀쩡해지니까. 지금 그들이 일어서지 못하는 것은 그들이 마주한 분노 때문이었다.

온몸을 꿰뚫고 영혼을 옥죄는 그 강렬한 분노에 그들은 눈 하나 깜박하지도 못했다. 아마 그들이 아직 숨을 쉴 필요성이 있었다면 진작 숨이 막혀 죽었을 터였다.

"나는 바로 네놈들 때문에 내 오토바이도 버리고 꼴사납게 도망쳤다. 그리고 네놈들을 먹이기 위해 여기까지 달려왔지. 근데 네놈들이 그런 내게 뭐……?"

순간 계정의 손끝에 붉은 빛들이 일렁거렸다. 그리고

그가 아주 살짝 팔을 들어 올리려는 순간.

"어이!"

바텐더는 있는 힘껏 술병을 던졌고, 계정은 반사적으로 몸을 돌려 그 병을 잡아챘다.

"무슨 일인지는 몰라도 그 정도 하고 참으라고. 애들이 잔뜩 얼었잖아."

계정은 다시 뒤를 돌아보았다. 그들은 거의 실신 직전 상태에서 간신히 정신을 잃지 않고 있었다.

"그렇군."

그는 그 손과 눈동자에서 붉은빛을 거둬들이고는 다시 자리에 가 앉았다. 그리고 계정이 멀어진 순간, 서 있던 나머지 뱀파이어들 또한 그 자리에 주저앉아 버렸다.

"아직 어린것들이잖아. 자, 한 잔 더할래?"

바텐더는 계정이 돌려 준 술병을 다시 내밀며 말했다.

"아니. 나중에 저 녀석들한테 주도록 해."

계정의 그런 말에 바텐더는 술병을 다시 집어넣었다.

"뭐, 그러도록 하지. 근데 대체 이게 무슨 일이야? 갑자기 좀비가 넘쳐 나질 않나 방송은커녕 우리 쪽 무전기도 터지지 않고. 어제 들른 녀석들 말로는 온 나라가 이 꼴 같던데."

"세상의 멸망이라더군."

"훗. 하긴 비급 영화 같은 데서는 항상 이런 식의 종말……."

"아니. 진짜 멸망이라고."

계정의 그 말에 바텐더의 표정이 굳어졌다. 계정은 있었던 일을 모두 말해 주었다.

상황을 파악하고 생존자들을 찾아 나선 일들과 한 생존자 무리를 만난 일, 그리고 그곳에서 들은 모든 것과 진강의 존재, 조금 전 바로 그 진강이란 자를 피해 도망치듯 떠나왔다는 이야기까지 말이다.

"그럴 수가…… 세상의 멸망이야 그렇다 쳐도 설마 자네도 어쩔 수 없을 정도의 존재란 건가? 대체 정체가 뭐길래?"

"모르겠더군. 적어도 그런 자는 내 오백년 삶 동안 한 번도 본 적 없어. 나름 이름 높은 마법사나 주술사들 중에서도 그 정도의 힘을 발휘하는 자는 없었단 말이야. 솔직히 처음에는 은거 중인 고위급 동족이라고 생각했다고."

바텐더는 목이 타는지 집어넣었던 술병을 다시 꺼내 병째로 들이켰다.

"내가 한 번 가 볼까?"

"그만둬. 말했지만 내가 내 오토바이를 버리고 올 정도였다고."

"……."

그들 사이에 침묵이 흘렀다. 그리고 그 침묵이 어색해질 정도의 시간쯤 되었을 때 계정은 뒤를 돌아보며 말했다.

"어이, 언제까지 그렇게 엎어져 있을 거야? 와서 목이라도 축이라고."

"예, 예……."

몇 명이 대답하긴 하기는 했지만 자리에서 일어나려면 아직도 시간이 걸릴 것 같았다.

"하아. 어린것들이란. 고작 겁 좀 줬다고 저렇게 되다니."

"이봐. 솔직히 말하지 그래. 좀 전엔 겁만 줄 생각이 아니었잖아?"

"뭐 부정할 수는 없겠군."

계정은 바텐더가 들고 있던 술병을 빼앗아 그대로 들이켰다. 바텐더는 황당한 듯 그를 잠시 바라보더니 이내 어깨를 으쓱이며 입을 열었다.

"그보다 이제 어떻게 할 생각이야? 말했듯 무전기가 안 되는 이상 다른 로드들은커녕 지역 공동체에 연락을 취할 수도 없어. 그렇다고 일일이 찾아다닐 수도 없고, 본부가 있는 런던까지 뛰어갔다 올 수도 없어."

"말했잖아. 생존자들을 찾아야지. 그리고 인류를 재건할 거야."

"가능할 거라고 생각해?"

"내가 말하는 재건이란 이전 생활로 돌아가자는 소리는 아니야. 애초에 그건 몇 백 년 내로는 불가능할 거고, 솔직히 나야 상관없지만 나이 많은 로드들 중에는 은근히 이런 상황을 바라 왔었던 자들도 있으니 협조할 리가 없지. 그들은 아마 이대로 인간들을 통제하며 먹이로 사육하려 하겠지."

"그럼 너는 다르고?"

"대우의 차이란 거겠지. 난 어디까지나 그들을 소중히 보살필 거야. 그리고 보살핌의 대가로 인간은 피를 나눠 주는 거지. 어디까지나 공생이란 거야."

"과연 그럴 수 있을지는 모르겠군. 솔직히 이 상황이라면 다른 생존자가 있을 거 같지도 않거든."

계정은 쓴웃음을 지어 보이더니 몇 모금 남은 술병을 끝으로 밀었다. 그곳에는 처음 계정이 던져 버렸던 뱀파이어가 몸을 일으키고 있었다.

"한 모금 하도록 해라."

"……"

그는 병을 받아들어 그대로 쭉 들이켰다.

"뭔가 하고 싶은 말이라도 있나?"

계정의 물음에 그는 아무 말도 하지 않았다. 다만 고개를 숙이며 숨기는 그의 눈동자에는 분노가 일렁이고 있었다.

*　　*　　*

"모두 괜찮으십니까?"

진강과 두 사람은 강좌실로 올라와 사람들을 확인했다. 진강이 손가락을 튕기는 것으로 암시는 모두 풀렸고 원래대로 돌아왔지만, 사람들은 조금 전 그토록 친하고 즐겁게 이야기를 나누던 상대들이 뱀파이어라는 것에 큰 충격을 받은 듯했다. 특히나 계정과 그 일행을 들어오게 한 성진의 경우 깊은 자책감에 빠져 있었다.

"죄송합니다. 설마 뱀파이어일 줄은……."

물론 뱀파이어가 존재할 줄도 몰랐겠지만 설사 알았다 해도 대낮에 오토바이를 타고 나타날 줄은 몰랐을 터였다.

"괜찮습니다. 모두 무사하니 그걸로 충분합니다."

"충분해요? 지금 충분하다 그랬어요?!"

성주선이 진강을 향해 외쳤다. 조금 전 상황들 때문인지 그녀는 평소보다도 훨씬 흥분해 있었다.

"난 좀 전에 뱀파이어들 바로 앞에 있었어요! 여기 있는 다른 모든 사람들도요! 그런데 충분하다고요?!"

"……."

진강과 인수, 성진과 소연이 표정이 안 좋아졌다. 다른 일이었다면 그저 그녀의 불평으로만 끝났겠지만 이번에는 조금 달랐다. 몇몇 사람들이 그녀의 그런 말들에 동조하기 시작한 것이다.

"틀린 말은 아니에요."

"그래요. 이번에는 어떻게 무사했다지만 그건 단지 운이 좋았을 뿐이잖아요."

현숙과 지우가 동의를 표하자 주선은 점점 더 목소리를 높였다.

"대체 낯선 사람들을 그렇게 멋대로……!"

"좀 그만하시죠!"

기세등등해서 목소리를 높이며 성진을 질책하려는 그녀를 인수가 막아섰다.

"대체 생각이 있는 겁니까? 설사 성진 씨가 그들을 안으로 들이지 않으려 했어도 상대는 최면과 암시를 쓰는 자들입니다. 막을 수 있었을 리가 없잖습니까. 애초에 그들이 마음만 먹었다면 셔터나 자물쇠 따위는 부수고 들어왔을 겁니다."

인수의 말에 틀린 말은 하나도 없었다. 만약 계정이 처음부터 그 능력을 사용했다면 그들을 막을 방법 따위는 없었을 터였다. 하지만 주선은 물러서지 않았다.

"내가 말하고자 하는 건 그런 게 아니에요! 모두가 위험할 수 있었던 일을 아무렇지 않게 넘기려 하잖아요!"

그녀에게 동조하는 사람들은 거들 듯 크게 고개를 끄덕였다.

"그럼 대체 뭘 어쩌기를 바라는 겁니까?"

"책임을 져야죠! 책임자처럼 굴었으면 그 책임을 져야 하는 거 아닌가요?"

인수의 표정은 그대로 구겨졌다. 이 무슨 억지란 말인가. 하지만 문제는 그녀의 뒤에 서 있는 사람들은 응당 그래야 한다는 듯 고개를 끄덕이고 있다는 점이었다.

"말 한 번 잘하시는군요! 그럼 묻겠습니다. 그 뱀파이어들이 찾아왔을 때 정작 그 자신의 의견을 제대로 말이라도 한 분이 계시다면 말씀해 보시겠습니까?"

"……."

인수의 물음에 대답을 할 수 있는 이는 없었다. 사람들은 저마다 인수의 시선을 피하려 허공을 바라보거나 고개를 숙였다. 인수의 입가에 미소가 그려졌다.

"보십시오. 애초에 선택권을 남에게 미뤘으면서 이제

와서 무슨 책임자니 책임이니 들먹이는 겁니까?"

"……."

주선과 그녀의 지지자들은 아무 말도 하지 못했다. 그런데 잠시 후 성주선이 다시 입을 열었다.

"하지만 당신 말처럼 어차피 막을 수 없는 일이었다면 선택 따위는 의미가 없겠죠."

인수는 그녀의 그런 태도에 황당했다. 책임자처럼 굴었으니 책임을 져야 한다며 반박했으면서 이제는 그 말을 그대로 끌어와 자신을 변호하다니. 억지도 이런 억지가 없었다.

"대체 무슨……?!"

"그럼 어떻게 할 수 있었던 사람이 책임을 져야겠죠?"

인수와 소연, 성진과 성은, 그리고 정진의 얼굴이 찌푸려졌다. 그녀는 이제 진강을 바라보고 있었다.

"애초에 당신이 여기 있었으면 문제가 없었겠죠. 안 그래요?"

"이게 무슨 헛지랄입니까?!"

인수는 자기도 모르게 욕설을 뱉어냈다.

"아니, 위험에서 구해 주신 분을 애초에 위험을 막아 주지 않았다고 비난하려는 겁니까?"

하지만 그녀는 이제 인수를 보고 있지 않았다. 그녀는

인수를 철저히 무시한 채 진강을 바라보고 있었다.

"애초에 우리한테 말 한마디 없이 대체 어딜 갔던 거예요?"

"성주선 씨!"

성은이 그녀를 향해 뭐라고 하려고 했지만 진강이 팔을 들어 그를 막았다.

"……"

진강은 가만히 주변을 둘러보았다. 성은과 인수, 성진은 말을 아껴 주겠지만 주선의 말에 동조하고 있는 지우는 그렇게 해 주지 않을 터였다.

"후우."

진강은 낮은 한숨과 함께 들고 있던 박스를 열었다. 그 안에는 경면주사 가루가 담긴 물감통들이 담겨 있었다.

"……!"

그 내용물을 보자마자 성주선과 그녀에게 동조하던 다른 모든 이들은 입을 다물었다.

"이 정도면 설명이 되겠습니까?"

진강은 그렇게 말하고는 다른 박스들을 들고 강좌실 밖으로 나갔다. 애초에 나눠 줄 생각은 없었던 그였지만, 쓸데없는 분쟁을 피하기 위해서는 어쩔 수 없었다. 불만을 그냥 놔뒀다면 결국 걷잡을 수 없이 커져 힘으로밖에 해결하지 못하게 됐을 터였다.

주선과 사람들은 박스로 다가와 통들을 챙기기 시작했다. 처음에는 한 개, 그리고 두 개. 그들은 박스가 텅 빌 때까지 통들을 챙겼다.

"……"

그 모습을 가만히 지켜보던 인수와 소연, 성진과 성은은 서로를 바라보더니 서둘러 진강의 뒤를 따라 강좌실을 나왔다. 그들은 5층 사무실 쪽으로 향했다. 말하지 않아도 진강이 그곳에 있을 거라는 걸 알 수 있었다.

"진강 씨……?"

"들어오십시오."

사무실 안으로 들어서자 진강은 막자로 경면주사를 빻고 있었다.

"이, 이게 다 뭐예요?"

"경면주사입니다. 이걸 빻은 게 그 붉은 가루죠."

인수가 대신 답해 주었지만 소연은 경면주사라는 것 자체를 처음 보는 모양이었다.

"어쩔 수 없는 일이긴 했지만…… 괜찮겠습니까?"

"괜찮지 않다 해도 말하셨듯이 어쩔 수 없는 일이겠죠."

"그래도 위험을 알려 주는 게 좋지 않겠습니까?"

"위험이라니?"

성진의 물음에 성은은 낮에 있었던 일을 말해 주었다. 그들이 마주했던 가그라는 존재와 그것을 넘어서는 또 다른 존재들, 그리고 자신이 안전하다 여겼을 때 사람들이 할 수 있는 행동들이 어떤 것이 있는지. 말이 이어질수록 성진과 소연의 표정은 어두워져만 갔다.

"그, 그럼 빨리 알려 줘야지요!"

"소용없습니다."

방을 나서려는 소연을 인수가 말렸다.

"애초에 주선 씨가 저런 식으로 나오는 이상 우리가 하는 말을 믿을지도 미지수고, 믿는다 할지라도 그러면 괜한 두려움만 커질 겁니다. 아무리 그래도 당장 이 건물을 떠난다거나 하진 않을 테니 조금 진정될 때까지 기다리도록 하지요."

동의를 구하듯 인수가 진강을 바라보자 진강은 고개를 끄덕였다.

그런 그들의 모습에 소연은 알았다는 듯 몸을 돌렸다.

"그런데 나눠 줄 생각이 없었다면 왜 이게 필요했던 건가요?"

소연의 질문에 인수는 잠시 망설이듯 진강을 바라보았다. 인수로서는 짐작 가는 바가 없진 않은 듯했지만 그는 그것을 입 밖으로 내길 망설이고 있었다.
"……."
인수의 시선에도 진강은 아무런 말도 하지 않았다.
"그야……."
"그야……?"
사람들의 시선은 인수에게 닿아 있었다. 지금까지의 행동들 때문인지 사람들은 그가 이유를 안다고 확신하고 있는 듯했다. 하지만 정작 인수의 시선은 진강에게 가 있었다.
"……."
그러나 인수의 그러한 시선에도 진강은 그저 아무런 말 없이 경면주사를 빻고 있을 뿐이었다. 인수는 한참을 망설인 뒤에야 겨우 입을 열었다.
"그야 만약을 위해서지요. 진강 씨께서는 영진 씨 때처럼 진강 씨 혼자만으로 어떻게 할 수 없는 경우를 대비하고자 하신 겁니다. 그런데 하필 대비를 위해 자리를 비웠을 때 그 일이 일어날 줄은……."
마지막 말을 흐리며 인수는 다시 진강을 바라보았다. 하지만 진강은 여전히 경면주사를 빻을 뿐 아무런 말도 하지 않았다.
"그렇군요. 정말 하필이라고밖에 할 수 없는 일입니다."

어쨌든 다른 사람들은 인수의 말에 납득하는 듯 보였다.

"그럼 이제 어떻게 하는 게 좋을까요?"

"우선은 식사부터 하는 게 좋겠네요. 진강 씨와 저희는 점심도 못 먹었으니까요."

"아, 그럼 내려가서……."

"아니. 지금 내려가는 건 그리 좋은 생각이 아닙니다. 조금 더 머리를 식히도록 저들끼리 놔두고 상점에서 먹을 걸 가져와 해결하도록 하죠. 소연 씨, 성진 씨, 성은 씨. 부탁 좀 드려도 되겠습니까?"

"아, 예."

인수의 부탁에 세 명은 방을 나섰다. 그리고 그들의 발소리가 멀어졌을 때쯤 조용히 있던 진강이 입을 열었다.

"어째서 말하시지 않은 거지요?"

"어째서 가만히 계셨던 겁니까?"

진강은 인수의 그 답에 미소를 지어 보였다.

"어찌 되든 상관없었기 때문입니다."

"상관없다……고요?"

인수의 얼굴에 의아함이 깃들었다.

"상관없다니 무슨 말씀이십니까?"

"말 그대로입니다. 결국은 밝혀질 일이니까요. 다만."

"다만?"

"바로 그래서 당신을 믿어 볼 수 있었습니다."

진강은 빻아 놓았던 가루를 입안에 털어 넣었다.

"그럼 역시 제가 생각하는 게 맞는 모양이군요."

"무엇을 생각하시는지요?"

"당신 안에 뭔가 있다고요."

진강은 인수의 그 말에 묘한 미소를 지어 보였다.

"처음에는 그 경면주사가 당신에게 힘을 주는 게 아닐까 생각했지만, 그때 그 불길한 그림자와 그림자 이후 빛을 잃은 경면주사들, 그리고 그 이후 한동안 힘을 제어하지 못하는 듯 강력한 힘을 휘두르던 당신을 보아 경면주사는 당신에게 힘을 준다라기 보다는 오히려 힘을 억누르는데 사용되는 것 같더군요."

"대단하군요. 물론 성은 씨도 어딘가 어렴풋이 느끼고 있긴 할 테지만 당신은 확실히 진실에 근접한 것 같군요."

진강은 막자사발에 다시 경면주사를 넣고는 빻기 시작했다.

"다만 안에 있다……라는 표현은 조금 안 맞겠지만 말이죠."

"그럼……?"

"훗. 지금까지 그랬듯 한 번 예상해 보시길 바랍니다."

진강은 그 이후로 아무 말도 하지 않았다. 그저 소연 일행이 돌아올 때까지 경면주사를 빻고, 입에 털어 넣기를 반복할 뿐이었다.

 조금 뒤 소연 일행이 돌아왔고 그들 손에는 토치와 냄비, 라면 등이 들려 있었다.

 이미 식사를 했던 소연과 성진을 제외한 다른 이들은 마침내 늦은 저녁을 챙겨먹을 수 있었다. 다만 진강의 경우는 그다지 배가 고프지 않다는 이유를 들며 많이 먹지 않았다.

 식사를 마치고 그들은 괜한 말싸움이 일어날 수도 있다는 인수의 의견을 따라 밑에 있는 이들이 잠들기를 기다리기로 했다.

 그것은 꽤나 지루한 시간이라 말할 수 있었다. 특별한 대화도 없었으며, 진강마저 경면주사 빻는 일을 그만두었기 때문에 특별히 하는 일도 없었다.

 "이, 이제 그만 내려가도 되지 않을까요?"

 숨 막히는 침묵을 더 이상 견디지 못하고 소연이 그렇게 말했다.

 "그, 그렇군요."

 "충분할 겁니다."

 그리고 그런 소연의 말에 인수와 성진도 급히 동조했

다. 그들로서도 이 침묵은 견디기 어려운 거였다.

"내려가실 겁니까?"

"예. 진강 씨께서는 오늘도 여기서 주무실 겁니까?"

"한 번 자 보니 여기가 꽤 편하더군요."

진강의 그 말에 다른 이들은 가벼운 인사를 하고는 사무실을 나섰다. 그리고는 잠자리에 들기 위해 천천히 밑으로 내려왔다.

"그럼 내일 뵙도록 하죠."

"예. 안녕히 주무세요."

그들은 문 앞에서 짧은 인사를 나눈 뒤 각자의 방으로 들어갔다.

"……."

소연이 방으로 들어서자 그녀의 바람과는 달리 성주선은 아직 깨어 있었다. 그러나 예상외로 그녀는 소연을 향해 특별히 뭐라 말을 걸지는 않았다. 아니, 주선은 아예 그녀 자체를 신경 쓰지 않는 듯 보였다.

사정은 남자들 방도 크게 다르지 않았다. 창걸과 지우가 깨 있기는 했지만 몸을 돌려 누운 것을 제외하고는 아무런 일도 없었다.

그들은 잠자리에 들었고 이내 건물 내에는 어둠과 조금 전과는 전혀 다른 아늑한 침묵이 내려앉았다.

"훈구루이 무구루우나후 크툴후 르 리에 우가후나구루 후타군……."

아니, 진강이 있는 5층 사무실 내에만은 침묵 대신 예의 그 음울한 중얼거림이 내려앉아 있었지만 어쨌든 그렇게 밤은 깊어 갔다.

*   *   *

부르릉! 부르릉! 빵! 빵!

깊은 밤. 한 자동차가 요란한 소리를 내며 천천히 도로를 달린다.

"크오오!"

그리고 그 불빛과 소리를 따라 수를 셀 수조차 없는 워커들이 그 뒤를 따른다. 앞줄의 워커들은 불빛을, 그 뒤에 있는 워커들은 소리를, 그리고 소리조차 들리지 않는 뒤쪽의 워커들은 달려 나가는 눈앞의 워커들과 뒤를 따르는 워커들에 밀려.

그렇게 한밤중, 워커들이 만들어 낸 그 거대한 검은 물결은 천천히 어딘가로 향해 가고 있었다.

"제길! 나를 바보 취급했겠다!"

자동차 운전석에 앉아 있는 자는 계정이 처음 던져 버

렸던 그 뱀파이어였다. 그는 잔뜩 흥분한 얼굴로 크락션을 울리고 깜박이를 켜 대고 엔진음을 높였다.

"어디 두고 보라고. 500살 먹은 노인네가 겁만 많아서는……. 나는, 나는 다르다고."

시간이 지날수록 워커들의 무리는 불어났고 속도도 점점 더 빨라져 갔다. 어느새 차는 원래 속도로 달리고 있었다. 워커들은 그 뒤를 바짝 뒤쫓고 있었고 말이다.

그리고 잠시 뒤 저 멀리에서 다른 자동차 한 대가 또 한 무리의 워커들을 몰고 오는 것이 보였다. 불빛을 번쩍이며 요란하게 크락션을 울리던 새로운 자동차는 끌고 온 워커들을 그 거대한 무리에 합류시키더니 이내 모든 불과 소리를 끄고는 몰래 다른 쪽으로 향했다. 몇 마리의 워커들 정도는 다시 그 자동차를 따라갔지만 그 수는 미미했다.

"그래. 더 끌고 와! 본때를 보여 주자고!"

저 멀리에 또 다른 자동차들이 오는 것이 보인다. 지금 그들이 향하고 있는 곳은 바로 진강과 사람들이 있는 마을이었다.

"어이, 어이 괜찮은 거야? 좀 전에 몇 놈이 방에서 몰래 나와서는 가 버렸다고. 설마 모르는 건 아니겠지?"

바텐더는 구석 자리에 앉아 있는 계정을 향해 물었다.

"훗. 알고 있어. 하지만 내 명령을 듣지 않는 녀석을 굳이 지켜 줄 의무는 없지. 꼴사납게 죽어 버리라고 해."

계정은 불편한 기색을 숨기지 않았다.

"아직 혈기가 남아 있는 거겠지. 남의 피가 아니라 자기 피가 말이야."

"주제도 모르는 것이!"

그의 눈동자에는 살짝 붉은빛이 감돌고 있었다.

바텐더는 계정을 향해 술병을 건넸다. 이번엔 피가 든 게 아니라 제대로 된 술이었다.

"참아. 분수도 모르고 자기가 뭐든 할 수 있다고 믿는 게 젊은 녀석들이잖아. 거기다……."

"거기다?"

바텐더의 눈빛이 차가워졌다.

"이런 세상이 되어 버렸잖아. 입은 줄어들수록 좋은 거라고."

"변함없이 무서운 녀석이구나, 너."

바텐더는 언제 그랬냐는 듯 밝은 미소를 지어 보였다.

"현실적이라고 해 달라고."

계정은 술병째로 그대로 들이켰다.

"어이 어이! 그거 꽤 독한 술이라고."

"훗. 어차피 취하지도 않는 몸인데 뭘……."

"비싸다는 소리지. 뭐 이제 와서는 의미 없긴 하겠지만. 거기다 사실 우리도 취하긴 취하잖아. 주량이 강하다고 말할 수 있는 인간의 10배 정도 더 마셔야겠지만 말이야."

"그 정도 마시려면 다른 걸 다 떠나서 신체적으로 무리야. 욕조에 담아 놓고 다 마시라는 소리니까."

바텐더는 빙그레 웃더니 두 팔을 펼치며 자신의 뒤에 놓여 있는 진열장을 가리켰다.

"해 볼래?"

"사양하지."

"그래? 하긴 뭐 나도 그런 낭비를 하고 싶진 않아."

바텐더는 몸을 숙이더니 진열장 아래 숨겨진 틈에서 뭔가를 꺼내 들었다. 숨겨 놓았던 소주 박스였다. 그 모습에 계정은 혀를 내둘렀다.

"이야! 소주를 챙겨놨냐?"

"그래. 가끔 나 혼자 마시지."

바텐더는 작은 잔을 꺼내서는 소주를 담았다. 그리고는 그대로 조심스럽게 잔을 들어 올려 한 모금을 넘겼다.

"그 조그마한 걸 또 나눠 마시냐?"

잔에는 소주가 반 이상 남아 있었다.

"어차피 안 취한다면 많이 마시든 적게 마시든 의미 없지. 이런 식으로 느낌을 살리는 게 오히려 훨씬 마음을 취하게 해 준다니까."

"그래?"

계정은 들고 있던 술병을 놓고는 바텐더의 곁으로 자리를 옮겼다. 그런 계정의 모습에 바텐더는 자연스럽게 잔을 꺼내 놓았고 그들은 서로를 향해 잔을 들어 올렸다.

"멸망한 세계를 위해."

"어리석은 죽음에 애도를."

잔이 부딪히는 맑은 소리가 울리고 그들은 그대로 술을 들이켰다.

"역시 나는 잘 모르겠군."

계정은 잔을 놓고는 다시 놓았던 술병을 집어들었다. 그런 계정의 모습에 바텐더는 웃었고, 계정 또한 그런 바텐더를 보며 웃었다.

그들은 날이 밝을 때까지 술잔을 비웠고 웃음소리는 멈추지 않았다. 물론 그 덕분에 옆방에서 휴식을 취하던 뱀파이어들은 잠을 설쳐야 했지만 말이다.

"……?"

동쪽 하늘에서부터 어둠이 점점 쫓겨 가고 있을 때 성진은 뭔가 묘한 불안감에 눈을 떴다. 뭔가 말할 수는 없지만 마치 검은 구름이 하늘을 덮어 가는, 혹은 호수에 내려앉는 모기떼를 떠올리는 그러한 불길함이었다.

"……?"

주변을 둘러보니 아직 깨어 있는 사람은 없었다.

성진은 뭔가에 이끌리듯 밖으로 나왔다. 물이 부족한 건 사실이지만 화장실에 들러 세수라도 할 생각이었다. 그렇게라도 하지 않으면 이 불길한 기분을 떨쳐 낼 수 없을 것 같았다.

"……?"

그리고 그것은 아주 잠깐의 변덕이었다. 창문에 반사된 햇빛에 눈이 부셔 눈길을 살짝 돌렸을 뿐이었다.

"……!"

하지만 그 후 그가 보게 된 것은 단순히 그런 이름들로 넘길 수 있는 것이 아니었다.

성진이 본 것은 눈길이 닿는 곳이라면 어느 곳 하나 할 것 없이 워커로 넘쳐 나는 마을의 풍경이었다. 그 모습은 성진에게 흡사 2002 월드컵 때의 그 열기를 떠올리게 만들었다.

다만 문제가 있다면, 그 열정에 휩싸인 군중의 목적이 공놀이가 아니라 성진 자신을 포함한 이 건물 내 모두의 목숨이라는 점이었다.

"……."

성진은 자기도 모르게 자기의 볼을 꼬집어 보았다.

"……!"

통증과 함께 성진은 정신이 번쩍 들었다. 그는 한 치의 망설임도 없이 그대로 5층으로 뛰어올라 갔다. 그리고는 곧바로 부수다시피 사무실 문을 열었다.

"지, 진강 씨!"

그러나 사무실 안에는 아무도 없었다. 성진은 급히 고개를 두리번거렸지만 그렇다고 진강의 모습을 찾을 수는 없었다.

"지, 진강 씨……?"

성진은 눈앞의 상황에 어찌할 바를 몰랐다.

그의 의식은 어느새 멀어져 가고 있었고 이제 그는 무의미한 줄 알고 있으면서도 기계적으로 고개를 두리번거리고 있을 뿐이었다.

그리고 그렇게 한참을 무의미한 행동을 하는 와중에 그의 눈에 경면주사가 든 상자가 보였다.

"……!"

성진은 그제야 제정신을 차렸다.

그는 박스를 집어 들고는 사무실을 나왔다. 그리고는 1층을 향해 달리기 시작했다. 셔터 소리가 들리지 않는 것이 그의 마음을 불안하게 만들었다.

설사 자물쇠를 채워 놓았다고 해도 저 정도 숫자라면 셔터는 버틸 수 없을 터였다. 최악의 경우 이미 문은 열린 채 워커들이 건물을 활보하고 있을지 몰랐다.

"……."

그는 코너를 앞에 두고 마음을 잡았다. 그리고 상자 속에서 경면주사들을 집어 들었다. 경면주사를 가진 것만으로 범접하지 못한다고는 하지만, 이 정도 숫자에게도 통할지는 미지수였다.

그는 비장한 각오로 코너를 돌았다.

"깨셨습니까?"

하지만 코너를 돌았을 때, 성진은 그 모든 것을 잊고 안도의 한숨을 내쉴 수 있었다. 1층에는 진강이 내려와 있었다. 또한 셔터도 멀쩡했다.

진강이 손을 펼치고 있자 워커들은 어떤 투명한 벽에 막힌 것처럼 셔터는커녕 입구 가까이로 다가오지도 못하고 있었다.

"이, 이게 어떻게 된 일입니까?"

성진은 사태 파악을 할 수 있는 여유를 되찾았다. 당황해 새하얗게 질려 있던 그의 얼굴도 이내 혈색을 되찾고 있었다.

"어제 그 뱀파이어 놈들이 끌고 온 것 같습니다. 새벽에 자동차 소리가 들리더니 얼마 지나지 않아 이것들이 달려오더군요."

"그, 그럼 그때부터 지금까지 주무시지도 않고 여기 계셨던 겁니까?"

"잠은 충분히 잤습니다."

진강은 성진이 들고 있는 박스를 향해 손을 내밀었다.

"제게 주시겠습니까?"

"네? 아, 네!"

성진은 박스를 진강에게 건넸다. 진강은 경면주사를 한 움큼 집어 들어서는 그대로 문을 향해 던져 버렸다. 그리고는 지금까지 내려놓지 않았던 한쪽 팔을 내려놓았다. 워커들은 한결 자유로워 보였지만 입구 쪽으로 다가오지는 않았다.

"제때 와주셨습니다. 팔이 조금 아팠거든요."

진강의 그 말에 성진의 얼굴이 경악으로 물들었다.

"설마 계속 들고 계셨던 겁니까?"

"아뇨. 들고 있던 가루들이 다 떨어진 이후부터였습니다. 이 정도 숫자가 한꺼번에 몰려들고, 또 이 정도나 큰 건물이면 가루만으로는 불가능하거든요."

"그게 언제인데요?"

"한 2시간 정도 되는군요. 가루는 별로 안 챙겨 놨었거든요."

진강은 손을 털더니 가게 쪽으로 걸어가 빵을 하나 집어 들었다. 주민들 취향에 맞추다 보니 카스테라와 단팥빵밖에 없었지만 그 또한 굳이 많은 종류를 원하지는 않았다.

그는 단팥빵을 베어 물고는 우유 대신 생수를 집어 들

지옥의 만찬 253

어 들이켰다. 그리고 빵 하나가 순식간에 사라진 뒤 진강의 손은 카스테라로 향했다. 확실히 그는 많이 배가 고픈 듯 보였다.

"그, 그런데 저건 어느 정도나 효과를 발휘하죠?"

성진은 입구에 흩어진 경면주사를 가리키며 물었다. 진강은 재빨리 카스테라의 남은 부분을 쑤셔 넣고는 물을 들이켰다. 그리곤 한 번에 넘기더니 입구 쪽으로 다시 손을 들어 올렸다.

"단순히 효력만 말한다면 아마 하루나 이틀 정도는 효과를 발휘하겠죠. 하지만 완전히 막아 주진 못해요. 저 정도 숫자면 밀려서 들어오는 것도 있으니까요. 셔터가 무너지면, 그 다음부터는 최소 한두 마리씩은 계속해서 무사히 안으로 들어오겠죠. 경면주사는 더 빨리 그 효력을 잃을 테고 그 뒤는 뭐…… 말 안 해도 아시겠죠?"

진강이 가볍게 주먹을 쥐자 여댓마리의 워커들이 검은 연기를 뿜어내며 쓰러졌다.

"이렇게 앞으로 밀려오는 것들을 처리하지 않으면 안 되는 겁니다."

진강은 한 번 더 손을 펼쳤다가 쥐더니 다시 진열장에 집중했다.

"다, 다른 사람을 불러오겠습니다."

"깨우기는 하셔야겠지만, 굳이 불러 오지는 마십시오. 괜히 시끄러워질 수 있으니까요."

진강은 이번에는 빵이 아닌 과자 봉지와 육포를 집어 들었다.

성진이 올라간 뒤 몇 분도 되지 않아 4층은 완전히 아수라장이 되었다. 사람들은 잠에서 깨어나서 창밖을 바라보았고 처음 성진이 그랬던 것처럼 패닉 상태에 빠졌다.

그들이 어떤 창문으로 밖을 본다 해도 보이는 거라곤 수많은 워커 무리였고 한적한 시골 마을은 2002월드컵 때 대도시들보다 더 붐비고 있었다. 아니, 아예 워커들로 마을이 잠겨 버렸다고 하는 게 올바를 것이다.

"이, 이게 대체 어떻게 된 거예요?!"

"아마 어제 도망친 뱀파이어들 중 몇 명이 꾸민 일이겠죠."

"1, 1층은 괜찮은 거예요? 주, 주차장은요?"

"여긴 지하 주차장이 없습니다. 1층에는 진강 씨가 계시고요."

다만 그러한 패닉 속에서도 인수만은 침착함을 유지하며 사람들의 쓸데없는 질문들에 대신 답해 주고 있었다. 그리고 바로 그런 인수의 모습이 주선의 눈에는 거슬렸다.

"대체 뭐하는 거예요? 밖에 상황이 안 보여요?"

"그래서요? 당황하고 두려워해야 한다는 겁니까? 그러지 않는 제가 큰 잘못을 하고 있는 거고요? 우리 모두 다 같이 공황 상태에 빠지면 저 워커들이 우리를 상한 음식으로 판단하고 알아서 떠나는가 보군요."

"이런 상황에서도 재수 없게 구는군요!"

"누가 할 말을 하는지 모르겠군요."

어제 일 때문인지 인수의 말투와 목소리, 그리고 눈빛은 그전보다 훨씬 더 깊고 강렬한 경멸을 담고 있었다.

"대체 당신이란 여자는 어떤 사람입니까? 이런 상황에까지 쓸데없는 시비라니요. 남성혐오증이라도 있으십니까? 아버지와의 사이가 좋지 않았나요? 애인이 배신했던가요?"

인수의 그 말에 그녀의 얼굴이 딱딱하게 굳어지고 이내 흥분으로 시뻘게져 갔다.

"감히……!"

"감히? 그 말 그대로 돌려드리고 싶군요. 당신 같이 멍청한 여자가 감히 제게 이딴 식의 언사를 해대는 걸 도저히 참을 수가 없군요."

"뭐, 뭐요?!"

주선과 인수의 언쟁이 이어질수록 패닉 상태에 있던 방 안의 분위기는 저 밖이 아니라 그들 중심으로 변해 갔다.

"지금까지 당신이 한 모든 행동이 당신이 얼마나 멍청한지 알려 주죠. 앞뒤가 전혀 안 맞는 그 모든 말들과 행동들. 그나마 당신의 행동 중 절반만이라도 말이 되려면 당신은 절대 자살을 선택하지 않아야 되겠죠. 그리고 만약 그렇다면 바로 그 사실이 방금 만회한 절반 이상만큼 당신이 얼마나 멍청한지 증명하는 또 다른 증거가 되고요. 죽을 생각도 없이 자살 모임에 들다니 그보다 멍청한 게 어디에 있겠습니까. 아, 물론 지금 당신이 하고 있는 행동들은 제외하고 말입니다."

"이, 이……!"

주선은 쏟아내는 인수의 말에 맞서지 못했다. 그녀의 얼굴은 흥분으로 완전히 붉게 변해 있었는데, 그 눈동자에 담긴 것은 단지 그뿐만이 아니었다. 그녀의 눈은 흔들리고 있었다. 마치 치부를 들킨 어린아이처럼, 그녀는 그걸 숨기지 못했다. 그리고 인수는 결코 말을 멈추지 않았다.

"아마 당신은 아마 아버지와의 그 어떤 교감도 없었을 겁니다. 그리고 아마도 남자 친구 혹은 그렇게 여길 만한 남성 혹은 남성들에게 배신당했겠지요. 최소한 그렇게 느낄 정도로 말입니다. 그것은 남성 불신을 낳고 남성 불신은 혐오로 발전했겠죠. 그래서 사사건건 반발하고 거부하고 삐딱하게 나오는 겁니다. 흔히 정신 연령이 낮은 유치한 인간들이 잘하는 짓이죠. 나이를 먹으면서 쌓은 거라곤 정신적 성장이 아니라 조금 더 그럴싸한 변명과 방식에 관한 메뉴얼 정도인 그런 사람들 말입니다."

"닥쳐요! 닥치라고요!"

그녀는 발악하듯 소리를 질렀지만 인수는 말을 멈추지 않았다.

"그리고 아마 이 자살 모임에 참가한 것도 스스로의 선택이나 그런 게 아니라 단순한 반발이었겠죠. 상대의 관심을 끌고 싶기라도 했습니까? 그런데 그게 잘 안 되었나요? 그래서 홧김에 마지막 순간, 세레머니에 참가하기로 한 겁니까? 하긴 마음이 바뀌면 언제든지 취소할 수 있다는 그 안내문이 선택을 도왔겠죠. 안 그래요?"

"당신이 뭘 안다고……!"

눈물이 맺힌 채 내뱉은 서러운 그녀의 그 한마디에 인수의 입가에는 비릿한 미소가 떠올랐다. 그것은 비웃음이었고 경멸이었으며 도취감이었다.

"예. 저는 모르죠. 이 모든 건 그냥 맘대로 세워 본 가설에 불과합니다. 초보적인 심리학 지식과 섣부른 해석이 섞인 단순한 가설이죠. 하지만 지금 당신의 태도를 보아 확신할 수 있군요. 제 이 가설이 모두 맞았다는 사실을 말입니다. 그리고 이는 당신이 얼마나 멍청한 인간인지 증명하는 또 다른 증거가 되어 주겠지요."

"……."

그녀는 더 이상 아무 말도 내뱉지 못했다. 그녀는 격침된 배처럼 그대로 가라앉았다. 그녀의 눈동자는 바닥으로 향한 채 움직일 줄 몰랐고 초점을 잃은 채 맺혀 있던 눈물을 흘렸다. 그 모습은 마치 혼을 잃은 듯한 모습이었다.

현숙과 지금껏 그녀를 지지해 왔던 한 여인이 그런 그녀에게 다가가 그 어깨를 감쌌지만 그녀는 미동조차 하지 않았다. 그리고 그런 모습에 인수의 미소는 더해졌다.

그는 주선에게서 몸을 돌리더니 자신을 바라보고 있는 방 안의 모든 사람들을 향해 입을 열었다.

"모두 걱정하지 마십시오. 밖에 아무리 많은 수가 있어도 안으로 들어오지 못하면 아무런 문제도 없습니다. 지금이야 진강 씨 혼자 고생하시고 있지만 문에 바리케이트를 치면 해결될 문제지요. 생각해 보십시오. 실제적으로 지금 달라진 게 뭐가 있죠?"

더 이상 사람들은 당황하고 있지 않았다. 물론 여전히 그 마음에 든 불안이야 어쩔 수 없겠지만 조금 전 언쟁과 인수의 그 말들이 분위기를 완전히 바꿔 버렸다.

인간은 연약한 동물이고 살아남기 위해선 주변 환경에

적응해야 했다. 인간은 환경의 동물이 되었고 주변 환경 변화에 그들 스스로 느끼는 것보다 훨씬 민감하게 반응한다. 집단 공황 상태나 전혀 다른 타인이 같은 환상을 공유하는 일이 일어나는 것도 바로 그 때문이다.

인수가 한 번 분위기를 바꾼 이상 그들 스스로 공황 상태가 되고 싶다고 여겨도 그러긴 어려웠다.

"자자. 그러니 다른 분들은 창밖에 저것들은 무시하고 편히 계시면서 식사 준비라도 하십시오. 아, 성진 씨, 성은 씨, 정진 씨는 저랑 같이 내려가도록 하죠. 진강 씨가 조금 더 수월하게 바리케이트 치는 걸 돕자고요."

인수의 제안에 사람들은 흔쾌히 그 뒤를 따랐다. 태연한 인수의 태도에 그들도 걱정을 저 멀리로 밀어낼 수 있었다. 하지만 강좌실 문을 나와 계단으로 나왔을 때 인수의 표정은 그 누구보다도 어두워졌다.

"이거 정말 큰일입니다."

갑작스런 태도 변화에 사람들은 당황했다.

"큰일……이라니요?"

"지금이야 진강 씨께서 막고 계시고 바리케이트를 쌓아 막는다 치더라도 상대는 워커만 있는 게 아닙니다. 워커들이야 위험한 야생동물이지만, 뱀파이어들은 머리를 쓰는 사냥꾼입니다."

인수의 목소리는 그 어떤 때보다 무거워져 있었다.

"단지 벽을 막는다고 되는 게 아닙니다. 뱀파이어가 정확히 어느 정도의 신체 능력을 가진지는 모르지만 건물 전체의 창문들도 문제고 최악의 경우 화물 트럭을 몰고 벽으로 돌진한다거나 폭발, 화재를 일으킬 수도 있지요."

사람들은 갑자기 변한 인수의 태도와 그 내용들에 혼란스러워했다. 그들 또한 조금 전까지 인수의 말에 마음을 잡아 가던 이들이었다.

"하지만 조금 전에는……."

"맞아요. 방금 전에는……."

"조금 전은 단지 다른 분들을 안심시키려 한 말에 불과합니다."

"그럼 성주선 씨를 그렇게 대한 것도……?"

"아뇨. 성주선 저 여자에 대한 건 거짓이나 지나침 따윈 없이 완벽하게 진심이었습니다. 짓뭉개 버릴 기회만 기다리고 있었는데 먼저 시비를 걸어 준 거죠. 그나마 이 불행 중 제가 취할 수 있는 유일한 행운이었습니다. 하지만 방 분위기도 바꿀 수 있었고 결과적으로 먼저 시비를 걸어 준 점에는 감사해야겠군요."

그의 얼굴에 잠시 만족스런 미소를 떠올랐다가 사라졌다.

"어쨌든 이 사실들은 지금은 우리끼리만 알고 있도록 하죠."

사람들은 강좌실에서와는 달리 무거운 얼굴로 1층으로 향했다.

"이제 어떻게 할 거야?"

"……"

가까운 집 옥상에서 건물의 상황을 지켜보고 있던 뱀파이어들은 예상외의 상황에 당황하고 있었다. 원래라면 이 정도 수를 끌고 온 것만으로도 상황은 끝나야 했다.

워커들 특유의 본능으로 생명에 이끌리고, 건물 입구로 몰려든 격렬한 워커들의 물결에 문 따위는 부서져 내렸어야 했다.

하지만 워커들은 어째선지 건물 입구 앞에서 멈춰 서 있었다.

뒤에서 걸어오는 워커들에 의해 조금씩 밀리고는 있었지만 일정 범위 안에 들어가면 갑자기 검은 연기를 뿜어내더니 힘없이 쓰러져 더 이상 일어서지 못했다.

어느새 쓰러진 워커들의 시체로 작은 둔덕이 생겨 진입을 방해하고 있었다.

"돌아가자. 지금이라면 대장도 용서할 거야."

"웃기지 마!"

다른 뱀파이어의 말에 제일 선두에서 워커들을 끌고 왔던 사내가 송곳니를 드러내 보였다.

"대장은 무슨! 노친네가 겁만 늘어서 몸 사리는 거라고!"

사내는 손을 들어 건물을 가리키며 목소리를 높였다.

"저기에 열 명이 넘는 인간들이 있어! 확실히 노친네 말처럼 나중을 위해서는 일단 살려 놓는 게 좋겠지만, 어쨌든 인간이 있다고! 저 빌어먹을 한 놈만 처리하면 다 우리 거란 말이야! 그걸 포기할 거야?"

"하지만 봤잖아!"

다른 여자 뱀파이어가 입을 열었다.

"그 남자는 손짓만으로 우리 전부를 날려 보냈다고! 거기다 대장 말대로였다면 전부 죽일 수도 있었고!"

"그래서 이 역겨운 것들을 밤새 여기까지 끌고 온 거잖아!"

그는 발 디딜 곳조차 없이 가득한 워커들을 가리키며 말했다.

"하지만 소용이 없잖아!"

"아니! 소용이 없는 게 아니라 조금 더 오래 걸릴 뿐이야! 생각해 보라고! 지금은 어떻게 막고 있다고 해도 곧

한계에 부딪힐 거야! 그 잘난 대장조차도 계속 힘을 사용할 수는 없잖아. 저놈도 분명 그럴 거야!"

"하지만 언제? 여기에 계속 있을 순 없어!"

그들 사이에 충돌은 어쩔 수 없는 일이었다. 어젯밤 흥분에 따라나서기는 했지만 시간이 지날수록 다시 정신이 드는 것은 자연스러운 일이었다.

"너도 그저께 봤잖아! 그 커다란 것들, 그 흉측한 것들! 대장이 아니었으면 우리도 죽었을 거라고!"

"그래. 그만하고 이제 돌아가자. 피라면 거기도……."

"너흰 그런 걸로 만족할 거야? 저기 싱싱한 피가 있는데 고작 냉동식품으로 만족하라고?"

"그만해! 우린 대장의 명령도 어기면서 널 따라왔어! 저 빌어먹을 것들을 여기까지 몰고 왔고! 이 정도면 할 만큼 했잖아!"

"……."

사내는 아무 말도 하지 않았다. 그를 위해 이곳까지 따라나선 이들은 모두 4명. 그들은 바로 그 자신 때문에 로드인 계정의 명령을 어기고 이 자리에 있었다.

본래 뱀파이어 사회에서 로드의 명령에 반하는 것은 중대한 잘못이었다. 뱀파이어 사회에 내려오는 법칙은 단 세 가지였다. 뱀파이어 사회에 해를 가하지 마라. 정체를 들키지 마라. 그리고 로드의 명령에 절대적으로 복종하라.

셋 중 어느 하나라도 어긴 자가 있다면 즉결 처분이 가능해진다. 즉, 그들은 목숨을 걸고 따라나서 준 것이다.

그는 가만히 다른 네 명의 눈을 바라보더니 이내 고개를 끄덕였다.

"알았어. 무슨 말을 하는 건지는 알아. 하지만 이대로 돌아갈 수는 없잖아. 나만이라면 또 몰라도 너희까지 처벌받을 수 있어."

"괜찮아. 분명 대장이라면……!"

"착각하지 마. 아무리 사람이 좋아 보여도 500년 이상 살아온 괴물이라고. 그냥 용서해 줄 리가 만무하잖아."

"그, 그럼?"

"우리가, 아니, 최소한 너희만이라도 용서를 받으려면 빈손으로 갈 수는 없지."

그는 시선을 돌려 입구가 아닌 5층을 바라보았다.

"……."

그들은 서로를 바라보며 고개를 끄덕였다. 그리고 잠시 후 그들은 워커들의 머리 위로 몸을 날렸고 워커들의 머리와 어깨를 밟으며 진강들이 있는 건물을 향해 빠르게 달려갔다.

"……!"

자리에 앉은 채 기계적으로 워커들 처리하고 있던 진강은 벌떡 자리에서 일어났다. 빠르게 다가온 다섯 개의 검은 기척이 건물 벽면을 타고 위로 향하고 있었다.

"젠장!"

그는 경면주사가 든 상자를 그대로 바닥에 엎어 버렸다. 가득 들어 있던 경면주사는 그대로 쏟아졌고 바닥에 깔린 경면주사로 바닥은 붉은빛으로 물들었다.

"왜, 왜 그러십니까?!"

바리케이트를 치기 위해 상점에서 무거운 물건들을 가져오던 인수와 사람들은 갑작스런 진강의 그런 모습에 놀랐다.

"여길 부탁드립니다!"

그러나 진강은 말하고는 곧바로 계단 쪽으로 몸을 날렸다. 하지만 이미 늦었다. 그가 채 계단에 닿기도 전 창문이 깨지는 소리와 함께 기척은 5층 강좌실 안으로 들어왔다.

"제길! 늦었나!"

그는 몇 계단 올라서더니 이내 천장을 향해 손을 뻗었다. 그리고 그와 함께 바닥에서부터 검은 기류가 스멀스멀 올라와 그의 몸을 감싸기 시작했다.

"오, 오지마!"

창문을 깨고 들어온 뱀파이어들을 향해 창걸은 들고 있던 경면주사 가루를 뿌렸다. 그뿐만 아니라 다른 이들 또한 급히 품에서 경면주사 통을 꺼내 들었다. 하지만

"……뭐지?"

"마늘이나 십자가는 맛아본 적 있는데 이건 또 처음이네."

뱀파이어들은 몸에 묻은 경면주사를 아무렇지도 않게 털어냈다.

"좀 따끔하긴 한데 고춧가루인가?"

아니, 아예 아무렇지도 않은 건 아닌 것 같았지만 어쨌든 해를 끼칠 만한 건 아니었다.

"토, 통하지 않아?!"

사람들은 경면주사가 소용이 없다는 사실에 당황했다.

"도, 도망쳐!"

몇몇 사람들이 문 쪽으로 도망치려 했지만, 뱀파이어들 중 하나의 모습이 흐릿해지는 듯하더니 어느새 문 앞에 서 있었다.

"그럴 수는 없지."

"아, 아……!"

가장 앞서서 문으로 달려왔던 남자는 갑작스런 뱀파이어의 모습에 그대로 주저앉았다. 그리고 뱀파이어는 주저앉은 남자를 바라보며 송곳니를 드러냈다.
"입가심 정도라도 하면 안 되려나?"
"히, 히익!"
"장난할 시간 없어. 벌써 위로 올라오고 있다고."
"어쩔 수 없군!"
 문 앞에 있던 뱀파이어는 눈앞에 주저앉은 남자를 잡아들었다. 아니, 뱀파이어들은 각자 가까이에 있던 사람을 한 명씩 잡아들었다. 그들에게 잡힌 것은 문 앞에 주저앉은 사내와 앞으로 나섰던 창걸, 그리고 이런 상황에서도 여전히 바닥만을 보고 있는 성주선과 그녀 곁에 있던 두 명이었다.
"노, 놓지 못하겠습니까?!"
 사람들은 몸부림치려 했지만 뱀파이어의 악력을 이길 수는 없었다.
"좋아! 가자!"
 그들은 그대로 창문 밖으로 몸을 날리려 했다. 그런데
"……!"
 이상했다. 그들은 어째선지 한 발자국도 뗄 수 없었다.
"크, 크읔!"

그리고 목에 전해진 갑작스런 강렬한 압력. 뱀파이어들은 전해지는 그 고통에 데리고 있던 사람들을 놓쳐 버렸다. 사람들은 무슨 상황인지 정확히 알지는 못했지만, 그 기회를 놓치지 않고 재빨리 그들에게 떨어져 방 반대편으로 몸을 옮겼다.

 다만 성주선만은 어째선지 그저 그 자리에 서 있었다.

 "무리다. 건물 전체에 주술을 걸어 놨으니 네놈들은 나갈 수 없다."

 문이 열리고 진강이 걸어 들어왔다. 하지만 여유만만한 말과는 달리 그의 얼굴은 어딘가 피곤하다고 할까, 괴로워 보였다. 아니, 그뿐만이 아니라 그의 몸 주변에는 흐릿하긴 했지만 검은 연기가 일렁거리고 있었다.

 "네놈들 대장이란 그놈이 오지 않은 걸 보아, 이 유치한 짓거리는 네놈들 단독 행동인가 보구나."

 꽈악!

 "크, 크윽!"

 진강이 주먹을 쥐자 뱀파이어들은 괴로운 듯 신음성을 뱉어냈다.

 "그럼 네놈들 목숨만으로 참고, 뱀파이어들을 찾아 몰살시키는 건 관두도록 하지."

 사람들은 보았다. 그렇게 말하는 진강의 왼쪽 눈은 눈

동자뿐만 아니라 안구 전체가 검게 물들어 있었다.

"……!"

진강은 사람들의 시선을 느끼고는 급히 왼쪽 눈을 가렸다.

"네, 네놈 정체가 뭐냐?!"

붙잡혀 있는 뱀파이어는 간신히 목소리를 짜냈다. 진강의 표정이 일그러지고 그 눈동자에 분노가 일었다.

"힘을 너무 쓴 건가."

순간 뱀파이어들은 몸에 가해지는 압력이 약해진 걸 느꼈다. 아니, 그뿐만 아니라 몸을 잡고 있는 힘도 한층 약해져 있었다.

"……!"

뱀파이어들은 그 틈을 놓치지 않고 속박에서 벗어났다.

"이놈들이……!"

진강은 급히 다시 손을 움직이려 했다. 하지만 뱀파이어 중 한 명이 그런 진강을 향해 한쪽 손을 들어 올렸다. 그의 손에는 성주선이 잡혀 있었다.

"……"

진강은 순간 멈칫했다. 뱀파이어들은 성주선의 목에 날카로운 손톱을 가져다대고 있었다.

"손가락 하나 까딱할 생각 마. 그때는 이 여자 목숨은 없을 테니까."

"네놈들이 정말 그럴 수 있을 거라 믿느냐?"

사람들은 기분 탓인지는 몰라도 진강의 목소리가 조금 달라졌다고 생각했다.

"시험해 볼까?"

"……."

뱀파이어의 손톱이 목에 닿아 있었지만, 성주선은 아무런 말도 하지 않았다. 그녀는 가만히 뭔가를 생각하고 있는 듯 보였다. 그런 그녀의 모습에 진강은 천천히 고개를 끄덕였다.

"좋다. 원하는 게 뭐지?"

"사람들을 데려가겠다."

"뭐?!"

방 한 구석, 숨을 죽인 채 조용히 상황을 지켜 있던 사람들이 술렁였다.

"마, 말도 안 되는……!"

"그런 요구라면 들어줄 수 없다."

"일단 들어봐!"

뱀파이어의 고함 소리에 뒤쪽에서 웅성거리던 사람들은 일순 입을 다물었다.

"애초에 우리는 인간에게 해를 가할 생각 따윈 없다.

오히려 어제 말했듯 우리는 생존자들을 모아 인류의 재건을 계획하고 있다. 인간들이 없으면 우리도 곤란하니까. 우리를 따라오면 정중하고 쾌적한 대우를 약속하겠다."

"누, 누가 뱀파이어 말을……!"

"애, 애초에 우리한테 최면술을 걸었었잖아!"

"그래. 우리는 뱀파이어지. 그러니 그냥 말하면 누가 순순히 우리말을 듣겠어. 그러니 최면과 암시를 써서 안심시킨 뒤에 해야지. 그리고……."

뱀파이어는 다른 쪽 손을 들어 진강을 가리켰다.

"애초에 저놈도 수상한 건 마찬가지 아니야? 인간이 이런 능력을 가지고 있을 리 없잖아. 거기다 좀 전에 저 눈동자 봤지? 거기다 저놈은 이미 세상이 이렇게 될 줄 알고 있었다면서? 우리보다 수상하고 위험하지 않아?"

"맞아. 너희도 저놈을 만난 지 이틀밖에 안 됐다면서? 아니, 오늘까지 치면 3일이겠지만 어쨌든 저놈 목적이 뭔지 누가 알아? 나중에 잡아먹으려고 남겨 둔 건지도 모르잖아!"

"어디서 감히……!"

분노 때문인지 이제 진강의 오른쪽 눈도 검게 물들어가기 시작했다. 그리고 그 모습을 놓치지 않고 뱀파이어들은 목소리를 높였다.

"저거 보라고! 저놈이 우리보다 위험하지 않다고 어떻게 말할 수 있는데?"

 술렁술렁.

 사람들은 술렁이기 시작했다. 그들은 불안한 눈빛으로 진강과 뱀파이어들을 번갈아 바라보고 있었다. 거기다 안타깝게도 지금 인수는 이 자리에 없었기 때문에 진강을 대변해 주거나 분위기를 진정시켜 줄 사람은 없었다.

 "화, 확실히……."

 "하, 하지만……."

 진강은 말없이 뒤편에서 웅얼거리는 사람들의 소리를 들어야 했다. 뭐라고 변명을 할 수도 있었지만 그런 것이 의미가 없다는 건 그도 잘 알고 있었다.

 "후후."

 뱀파이어들의 입가에는 미소가 그려졌다. 무사히 돌아갈 수 있다. 아니, 그뿐만이 아니라 사람들도 데려갈 수 있다.

 그러한 생각들에 점점 불안은 사라져 가고 여유 또한 돌아오고 있었다. 사실 참으로 아이러니한 상황이었다. 인질을 잡고, 말을 듣지 않으면 죽이겠다고 하고 있는 이런 상황에서 그 인질 때문에 멈춰 서 있는 진강보다 저쪽 말을 더 신뢰하다니.

만일 인수가 있었다면 결코 이런 분위기로 흐르지는 않았을 터였다. 사람들은 뱀파이어들이 만든 분위기에 완전히 휩쓸리고 있었다.

"나, 난 따라가겠어."

한 남자가 몸을 일으켰다. 조금 전 도망치려다가 바닥에 주저앉았던 그 사내였다.

"나, 나도!"

"……."

그리고 그런 사내의 행동에 현숙과 또 다른 여성 한 명도 결국 자리에서 일어났다.

"좋습니다."

그런 그들의 모습에 뱀파이어들은 미소를 지었다.

"그럼 천천히 이쪽으로 오십시오. 그래도 되겠지요 진강 씨?"

"마음대로."

진강의 그 말에 일어난 사람들은 천천히 뱀파이어들 쪽으로 걸음을 옮겼다. 뱀파이어들은 성주선의 목에서 손톱을 거뒀다. 이미 이것은 협상이 아니었다. 사람들 개개인의 선택 문제였다.

"……."

진강은 왼쪽 눈을 가리고 있던 손을 내렸다. 그의 눈은 완전히 검게 물들어 있었다. 사람들은 경악했고 그들 눈동자는 두려움으로 물들었다.

"가시고 싶은 분들은 가십시오. 저들에게 가고 싶다면 막지 않겠습니다."

그러나 사람들은 더 이상 일어서지 않았다. 그것이 진강에 대한 두려움 때문인지 신뢰 때문인지는 확실히 할 수 없었지만, 어쨌든 더 이상 뱀파이어를 향해 다가가는 이는 없었다.

"뭐 어쩔 수 없군요. 그럼……."

뱀파이어들은 시선을 주선에게 옮겼다.

"당신께서는 어떻게 하실 생각이십니까?"

조금 전까지 목에 손톱을 들이밀고 생명을 위협하던 자들이 하기에는 확실히 뻔뻔스러운 말이었다.

"……."

어쨌든 성주선은 그 물음에 아무런 답도 하지 않았다. 계속 숙이고만 있던 고개를 돌려 뱀파이어들을 한 번 둘러보긴 했지만 단지 그뿐이었다.

"……?"

"……?"

뱀파이어들뿐만 아니라 사정을 모르는 진강 또한 성주선의 그런 행동에 의아해했다. 지금까지야 너무 놀라서

지옥의 만찬 275

몸이 안 움직였다고 여길 수도 있었지만 지금 상황은 전혀 달랐다.

"……."

그녀는 아무 말도 않은 채 빤히 뱀파이어들의 얼굴과 그의 손톱을 바라보았다. 그녀의 눈동자는 뭔가 생각하는 듯 복잡한 빛을 내고 있었다.

"고민하시는 겁니까? 걱정하지 마십시오. 좀 전에는 실례를 범했지만 앞으로 결코 그런 일이 없을 거라 장담하지요."

혹시나 아까 일 때문에 고민 중인가 싶어 뱀파이어들은 그렇게 말을 덧붙였지만, 그녀는 그런 일 따위는 상관없는 듯 아무런 행동도 하지 않았다. 그렇게 묘한 침묵이 이어져 갈 때쯤, 갑자기 문이 열렸다.

"무, 무슨 일 있습니까?"

문을 연 것은 인수였다. 여길 부탁한다는 진강의 그 말에 지금까지 밑에서 기다리다가 조심스럽게 올라온 거였다.

"……!"

그런데 인수의 등장에 갑자기 주선의 눈빛이 달라졌다. 그녀는 뭔가 결심한 듯 결연한 표정을 지어 보이더니 갑자기 뱀파이어의 손을 들어 올렸다. 그리고 그대로 그 손톱에 자신의 목을 들이밀었다.

푸욱!

손을 잡힌 뱀파이어도, 또 다른 이들도 지금 눈앞에서 일어난 이것이 무슨 일인지 이해하지 못했다. 진강은커녕, 당사자 뱀파이어조차 어떻게 하기도 전에 그 손톱은 그대로 성주선의 목을 꿰뚫었고 마치 시간이 멈춘 듯 무거운 침묵이 내려앉았다.

"……."

그녀는 그대로 있는 힘껏 뒷걸음질 쳤다. 구멍을 막고 있던 손가락은 빠져 버렸고 목에서 뿜어져 나온 붉은 피가 뱀파이어들의 얼굴과 몸에 뿌려졌다. 그녀는 바닥으로 쓰러졌다. 흘러나온 피로 그녀의 옷은 붉게 젖어 갔고 바닥에도 피가 고여 갔다.

"어, 어서 지혈할 걸!"

소연과 가까이 있던 사람들 중 몇 명이 그녀에게 달려갔지만, 그들 중 정작 어떻게 해야 될지 아는 이는 없었다.

소연은 지혈이라도 하자는 생각에 상처에 손을 가져다 대려 했지만 주선은 온 힘을 다해 뿌리쳤다.

피는 점점 더 많이 흘러나왔고 비릿한 피 향이 방을 가득 채웠다.

"……!"

그리고 인수는 그 자리에 굳어 버렸다. 주선이 고개를 기울여 그를 보고 웃은 거였다. 그녀의 표정에 담겨 있는 것은 어떤 기분 나쁜 승리감이었고, 그녀의 눈에 담겨 있는 것은 슬픔이었다. 그리고 잠시 후 그녀의 눈동자가 빛을 잃어 가며 표정에서 감정이 사라졌다.

휘청!

인수는 다리가 풀린 듯 옆쪽 벽면에 기댔다. 표정은 큰 변함이 없었지만 그의 눈동자는 처음으로 흔들리고 있었다.

"……."

하지만 문제는 그가 아니었다. 뱀파이어들 쪽의 분위기가 이상했다. 그들은 뭔가 참기 어려운 것을 참는 듯한 표정으로 주선의 시체에서 눈을 떼지 못하고 있었다.

특히나 주선의 목을 꿰뚫었던 뱀파이어는 그녀의 피로 아직 따뜻한 그 손을 홀린 듯 바라보고 있었다.

세상이 멸망한 지 삼 일. 그것은 그들이 신선한 피를 맛본 지도 그 정도 시간이 지났다는 뜻이었다.

뱀파이어에게 있어서 신선한 피는 단순한 음식 정도가 아니다. 그것은 그 어떤 마약보다 강렬한 쾌락을 동반하며, 생물의 그 어떤 본능보다 앞서는 충동을 일으키는 것.

거기다 이미 상대가 죽은 거라면 인류 재건이라는 계획에 아무런 의미도 없다. 지금 그들의 강력한 본성을 막고 있는 것은 그들 스스로의 연약한 이성뿐이었다.

 날름.

 뱀파이어들 중 하나가 윗입술을 향해 혀를 내밀었다. 그리고 입술 끝에 묻어 있는 핏방울을 가볍게 핥았다. 그의 얼굴에 희열이 떠오르고 전율로 몸이 떨렸다.

 "……!"

 그리고 그것이 시작이었다. 피를 처음 핥은 뱀파이어의 표정이 바뀌더니 이내 자기 몸 곳곳에 튄 주선의 피를 핥기 시작했다.

 "이, 이봐!"

 처음에는 말렸다. 하지만 계속되는 그런 그의 모습에 참고 있던 다른 이들도 더 이상 참지 못하고 몸에 튄 피를 핥기 시작했다. 사람들은 그런 뱀파이어의 모습에 자기도 모르게 한 걸음 물러섰다.

 그들의 눈빛은 옅은 붉은빛으로 변해 있었고 마침내 더 이상 핥을 피가 없어진 그 순간, 그들은 마치 약속이라도 한 듯 주선의 시체를 향해 몸을 날렸다.

 "캬악!"

 가까이 있던 소연과 다른 사람들을 거칠게 밀어낸 그들

은 아직 온기가 식지 않은 주선의 시체에 송곳니를 꽂아 넣거나 바닥에 고인 피들을 핥기 시작했다. 그 모습은 그 야말로 지옥의 아귀를 떠올리게 만들기 충분했다.

"……."

대부분의 사람들은 두려움과 공포, 그리고 역겨움으로 그 자리에 얼어붙었다.

주선의 시체는 이제 단순한 음식 봉지 정도로 취급되고 있었고 뱀파이어들의 뺨과 턱은 피로 얼룩져 가고 있었다.

특히나 바닥에 고인 피를 게걸스럽게 핥고는 환희에 휩싸이는 그들의 모습에 소연과 몇몇 사람들은 올라오는 구역질을 참지 못하고 고개를 돌렸다.

"……."

그렇게 시간이 흐르고 아귀의 만찬이 끝나갈 때쯤 더 이상 뱀파이어들 가까이에 서 있는 사람은 없었다.

그들을 따라가겠다며 나섰던 이들은 그 누구보다 그들에게서 멀리 떨어져서는 숨을 죽이고 있었다.

"……."

식사를 끝낸 뱀파이어들은 턱과 뺨에 묻은 피를 손을 닦으며 낭패감을 감추지 못했다. 분명 포만감과 환희가 자신들의 몸을 채우고 있긴 했지만, 이로써 그들을 따라갈 인간이 없어진 것 또한 사실이었다.

그들은 진강을 바라보았다. 진강은 다른 이들과는 달리 무표정한 얼굴로 그들을 바라보고 있었다. 검게 물들었던 두 눈동자도 원래의 모습을 되찾아 있었고 그 옆은 검은 연기도 더 이상 보이지 않았다.

"그럼 저희들은 그만 가 보도록 하죠."

뱀파이어들은 씁쓸한 표정으로 고개를 숙여 보이더니 이내 몸을 돌렸다.

"워커들은 다시 저희가 데려가도록 하겠습니다."

그들은 그렇게 말하고는 창문으로 몸을 날리려 했다. 하지만

"이, 이건……?!"

"……!"

그들은 몸을 움직일 수가 없었다. 조금 전처럼 속박에 걸렸다거나 하는 게 아니었다. 물리적으로 그들을 잡고 있는 것은 아무것도 없었다. 다만 몸을 움직이는 순간 그대로 온몸을 갈기갈기 찢어 버릴 것만 같은 강렬한 살기에 감히 몸을 움직이지 못하고 있을 뿐이었다.

"데려가? 어떻게?"

진강의 목소리에는 그 어떤 격렬한 감정도 묻어 있지 않았다. 아니, 오히려 그는 평소보다 온화하고 부드러운 목소리로 말을 하고 있었다.

"저것들은 생명에 이끌린다. 빛과 소리, 그리고 네놈들의 잔재주를 이용해 이곳까지 잘도 끌고 오긴 했지만, 이미 이곳에 생명이 있다는 걸 알아차린 이상 시체에 불과한 네놈들이 그 어떤 짓을 한다 해도 돌아갈 리가 없지."

 진강은 천천히 창문 쪽으로 걸음을 옮겼다. 뱀파이어들은 두려움에 온몸이 떨리는 것을 막을 수가 없었다. 지금 그들이 느끼는 공포란 계정의 분노를 마주했을 때와는 비교도 할 수 없을 정도로 강력하고 절망적인 것이었다.

 그들 중 유일한 여성 뱀파이어는 이미 선 채로 기절해 있었다.

 "……?"

 사람들은 어째서 뱀파이어들이 사시나무 떨듯 떨고 있는지 알아차리지 못했다. 그들은 아무것도 느끼지 못하고 있었다. 오직 뱀파이어들만이 강렬한 진강의 살기를 느끼고 있을 뿐이었다.

 "자, 봅시다. 물론 마을 자체가 워낙 작다 보니 더 많아 보이는 감도 있겠지만, 확실히 수가 만 단위로 보이는군요. 참으로 열심히 끌어모았군요. 뭐 먹이가 없다 보니 저 놈들도 절실하긴 했겠지만 말입니다."

 그는 마치 어린아이의 그림을 보며 말하듯 부드럽고 대견한 듯 말하고 있었다. 그 눈에는 무관심을 담은 채로 말이다.

"음. 그렇게 생각하면 오히려 적은 편일까요? 훗. 뭐 그게 무슨 의미가 있겠냐만은."

사람들은 뭔가 이상함을 알아차렸다. 그의 말투가 지금까지와는 전혀 달라져 있었다. 필요 이상으로 자신감이 넘쳐흐르고 있었다. 또한 그의 눈빛도 마치 하늘 위에 있듯 다른 모든 것을 낮추어 보고 있었다.

탁!

진강이 손가락을 튕겼다. 하지만 사람들은 무엇이 변했는지 알아차리지 못했다. 사람들은 무언가 변화가 있는지 주변을 살펴보았지만 이내 포기하고 그에게 다시 시선을 돌렸다.

하지만 비교적 창문에 가까이에 있던 뱀파이어들은 달랐다.

"어, 어떻게……?"

뱀파이어 한 명이 잘 들리지도 않는 목소리로 물었다. 그로서는 그것이 그가 낼 수 있는 가장 큰소리였다.

뱀파이어들의 눈은 땅 밑 워커들을 바라보고 있었다. 마을을 완전히 덮어 버린 그 거대한 워커의 무리는 지금 바닥에 쓰러진 채 일어날 줄 모르고 있었다.

"쉿!"

진강은 다른 사람들이 못 보는 각도에서 조용히 하라는 신호를 보냈다. 그리고 그의 손이 부드럽게 한 번 움직이자

스스스스.

뱀파이어들은 그 눈을 의심했다. 워커들의 몸이 회색으로 변해 가더니 이내 재로 변해 땅으로 쏟아져 내렸다. 단 두 번의 손짓으로 마을에 있는 모든 워커들을 재로 만들어 버린 것이다.

"흙은 흙으로. 라고 어떤 신이 말하지 않았더냐."

마치 아랫사람을 대하듯 그렇게 말한 진강은 다시 몸을 돌려 뱀파이어들을 마주 보았다.

"오, 뱀파이어. 전염병을 퍼뜨리는 자. 밤의 귀족. 뱀의 자손. 무덤의 아들. 아이야 너는 너희를 부르는 이 수많은 이름들처럼 너희를 특별하다고 생각하느냐?"

소연과 인수는 뭔가 잘못되었다고 생각했다. 지금의 진강은 평소의 그와는 완전히 달랐다. 그는 마치 딴 사람처럼 행동하고 있었다.

"인간들 사이를 걸으며 스스로를 포식자라 여겼더냐? 저 버러지 같은 워커들 사이를 걸으며 특별함을 느꼈더냐?"

진강의 말이 이어질수록 뱀파이어들은 무언가를 잃어

가고 있다고 느꼈다. 마치 혼이 저 아래에서부터 바스러져 내리는 듯한 그 기분 속에서 그들은 영원한 상실을 느꼈다. 지금 잃는 것이 무엇이든 다시는 찾을 수 없을 것임을 그들은 알 수 있었다.

"어리석구나. 너희는 포식자가 아니다. 온화한 이 땅의 신들 사이에서 일어난 작은 어둠아. 네놈들 따위는 감히 어둠을 알지 못한다. 검은 달빛 저편 절대 심연의 어둠을 네놈들이 아느냐? 안식을 위한 밤과 공포를 숨기기 위한 어둠밖에 모르는 너희가 감히 어둠을 알겠느냐?"

진강이 그들 가까이로 걸어오자 그들은 두려움에 눈을 감았다. 하지만

"아, 아……!"

그들은 마치 보아서는 안 될 것을 본 것처럼 급히 눈을 떴다. 그리고는 공포에 질려, 마치 눈을 깜박이지 않으려는 듯 필사적으로 눈꺼풀을 들어 올렸다.

그들은 눈꺼풀 속 어둠 속에서 보고 말았다. 눈앞에 존재가 어떤 자인지. 어떤 존재인지. 그 이름을 알지 못하고, 감히 그 존재를 들어 본 적도 없었지만, 그들은 그것만으로도 눈앞에 존재가 무엇인지 알 수 있었다.

"사, 사, 사사……."

살려 달라고 말하려 했지만 말을 끝마치지 못했다. 그

것이 의미 없는 것임을 그들은 알 수 있었다. 그런 말 따위는 광활한 우주에 흩날리는 작은 먼지에 불과했다.

진강은 그런 그들의 모습에 만족스러운 미소를 지어 보였다.

"그래. 보았나 보구나. 칭찬해 주마. 절대 심연의 조각 속에서 나를 마주했으면서도 그 혼이 흩어지지 않았구나. 그 보답으로……."

진강은 가볍게 그들의 어깨에 손을 올려놓았다.

탁. 탁. 탁. 탁.

"아, 아……."

고작 한 번씩 어깨를 쳤을 뿐이었다. 하지만 그들은 너무도 조용한 단말마의 비명과 함께 그대로 죽음을 맞이했다.

그것은 어떤 주술이나 힘 때문이 아니라 순수한 공포 때문이었다. 얼마나 강렬한 공포였던지 이미 일찌감치 정신을 잃고 있던 여인조차 그의 손이 닿자마자 생명을 잃을 정도였다.

"혼을 집어삼키는 것은 참아 주도록 하마."

아무도 들리지 않게 그렇게 중얼거린 진강은 다시 가볍게 손을 움직였다. 그러자 뱀파이어들의 몸은 워커들과 마찬가지로 회색으로 변해 가더니 이내 재로 변해 바닥으로 쏟아졌다.

"……"

사람들은 뱀파이어들이 느꼈던 공포나 그런 것을 느끼지는 못했다. 허나 지금 진강에게서 느껴지는 어떤 기이한 이질감만은 그들로서도 느낄 수 있었다.

"지, 진강 씨?"

"괘, 괜찮으십니까?"

소연과 인수는 그를 향해 조심스럽게 물었다.

"예? 왜 그러시죠?"

마치 왕과 같이 여유롭고 기품 있는 손짓, 고아한 목소리. 확실히 평소의 진강과는 달랐다.

"아, 아니 평소와는 조금 다르신 것 같아서……."

"아, 걱정하지 마십시오. 기분 최고니까요."

자세히 보니 그는 어딘가 취한 듯 보였다. 의식을 잃을 정도로 만신창이가 되는 그런게 아니라 너무나 기분 좋은 그런 취기에 말이다.

"아, 그런데 여러분 졸리지 않나요?"

"……?"

뜬금없는 그 질문에 사람들은 그 의도를 알아차리지 못했다. 그리고 그런 사람들을 향해 진강은 다시 물었다.

"졸리지 않으십니까?"

다만 두 번째 질문이 끝났을 때 그는 다시 가볍게 손가락을 튕겼다.

"……?"

사람들은 갑자기 몰려든 졸음에 의아해하다가, 이내 천천히 바닥으로 쓰러졌다.

"훗."

진강은 가볍게 웃어 보이더니 창문 쪽으로 걸음을 옮겼다. 그리고 창문에 다다랐을 때 그의 몸은 그대로 하늘 높이 날아올랐다.

미국 메사추세츠의 인스머스라는 옛 항구도시. 그곳 작은 교회 맞은편에는 길먼 하우스라는 5층짜리 호텔이 있었다. 그리 고급스런 호텔도 아니었고 어딘가 싸구려 잡지에조차 소개된 적 없는 곳이었지만 그곳은 아주 특별한 곳이었다.

고급스런 리무진 한 대가 호텔 입구 앞에 멈춰 섰다. 차문이 열리고 사람들이 천천히 걸어 나왔다. 검은 정장에 보는 사람마저 위압감을 줄 만큼 건장한 체격. 험상궂게 생긴 그 외모는 보는 이로 하여금 자기도 모르게 뒷세계를 떠올리게 만드는 두 명의 흑인과 유명 배우라고 해도 충분히 믿을 수 있는 금발의 남성, 어딘가의 공주님을 떠올리게 만들 만큼 아름답고 기품 있어 보이는 갈색 머리의 여인. 그리고 마지막으로 전통복을 입고 있는 열 살도 채 되어 보이지 않은 인도인 소년이 리무진에서 걸어 나왔다.

"어서 오십시오."

호텔 앞에 나와 있던 늙은 직원이 그들을 향해 가볍게 고개를 숙였다.

달려 나와 리무진 문을 열어 주거나 짐을 들어 주기는커녕 삐딱하게 서 있는 그의 모습은 확실히 정중하다 하기는 힘들어 보이는 태도였다.

"……"

리무진에서 내린 다섯 명 중 두 흑인의 얼굴이 험상궂게 일그러졌지만 직원의 태도는 변함이 없었다.

"제일 위층 방입니다."

직원은 그렇게 말하고는 휑하니 안으로 들어가 버렸다.

다섯 명은 황당함을 감추지는 못했다.

"뭐, 뭐 저런 게 있지?"

"손을 좀 봐야겠군."

두 흑인은 당장이라도 달려가 한 방 먹이고 싶은지 주먹으로 손바닥을 때렸다.

"참으십시오. 베놈, 버닝핸드. 저들은 우리의 일원이 아닙니다."

금발 남성의 그 말에 두 흑인은 주먹을 내려놓았다.

베놈과 버닝핸드.

이름은 분명 아닐 테지만 그들을 부르는 칭호 같았다.

그런데 조금 이상했다. 지금은 분명 세계의 멸망 이후. 하지만 그들과 호텔 직원의 태도가 너무 이상했다. 아니, 태도뿐만 아니었다. 그 어디에도 워커의 모습은 보이지 않았다.

간간이 도로에 사람의 형상이 보이긴 했지만 그들은 결코 워커가 아니었다. 살아 있었고 숨을 쉬고 있었으며 때때로 자동차도 지나갔다.

마치 이곳만 멸망이 비켜간 것처럼 말이다.

"어쨌든 들어가시죠."

금발 남성의 말에 호텔로 들어가려던 다섯 명의 표정이 갑자기 굳어졌다.

"새, 생각보다 협의가 잘 안 되었나 보군요."

여인의 그 말에 금발 남성은 안타까운 표정으로 고개를 끄덕였다.

"워낙 급하게 체결한 협의다 보니 말이죠. 거기다 애초에 여기는 디프원들의 땅. 우리 아르카나에게 신전을 짓도록 허락하는 건 그들로서는 탐탁지 않았겠죠."

"그래서 이따위 다 쓰러져 가는 호텔, 그것도 방 한 칸만 허락한 건가?"

"우리 아르카나를 뭘로 보고!"

당장이라도 달려 나갈 것처럼 흥분하는 베놈이라 불린 흑인 사내를 인도인 소년이 말렸다.

"참아."

그런데 놀랍게도 소년의 그 한마디에 베놈은 그대로 입을 다물었다는 점이다.

"그럼 일단 모두 가시죠."

금발의 남성이 손가락으로 문을 가리키자 덕지덕지 먼지가 쌓여 있던 출입문이 마치 자동문이라도 되듯 활짝 열렸다. 하지만 다른 이들 중 누구도 놀라지 않았다. 그들은 그게 자연스러운 것처럼 걸음을 옮겼다.

초라한 로비를 무시하고 곧바로 엘리베이터로 향한 그들은 엘리베이터 앞에서 다시 한 번 표정을 구겼다.

"장난하는 것도 아니고."

엘리베이터는 하나뿐이었고 그것조차 베놈과 버닝핸드 두 명이서 타기도 비좁아 보이는 소형이었다.

"먼저 올라가시지요."

금발의 남성은 베놈과 버닝핸드를 바라보며 그렇게 말

했다. 확실히 그 두 명만 먼저 보내면 나머지는 한번에 탈 수 있을 터였다.

"……"

"……"

베놈과 버닝핸드는 그저 서로를 바라볼 뿐 쉽게 엘리베이터 안으로 들어가지 못했다. 바로 그때 인도 소년이 다시 입을 열었다.

"타."

소년의 그 말에 베놈과 버닝핸드는 어쩔 수 없다는 듯 고개를 푹 숙이더니 이내 엘리베이터에 구겨 타기 시작했다. 역시나 두 사람만으로 엘리베이터는 꽉 차 버렸다.

"제일 위층으로 가시면 됩니다."

"알고 있다."

엘리베이터 문이 닫히고, 남은 이들은 모두 느꼈다. 엘리베이터는 아주 힘겹게 꼭대기를 향해 올라가기 시작했다.

"에, 엘리베이터도 좀 낡은 거 같네요."

"그, 그런 거 같네요."

다시 엘리베이터가 내려오고 나머지 사람들은 모두 엘리베이터에 올라타기 시작했다. 조금 좁은 감이 있긴 했지만, 확실히 모두 타기에 충분했다.

"……."

"알고 있습니다. 저희가 먼저 타지요."

어째선지 인도 소년은 두 사람이 먼저 탈 때까지 기다렸다가 엘리베이터에 올라탔고 두 남녀 또한 이것을 자연스럽게 받아들이고 있었다.

"……."

"……."

엘리베이터가 마지막 층에 도착했을 때 베놈과 버닝핸드는 문 앞에서 기다리고 있었다. 그제야 금발 남성은 그들에게 어느 방인지 말한다는 걸 잊었음을 깨달았다.

"아, 죄송합니다. 왼쪽 첫 번째 방입니다."

버닝핸드는 얼굴 가득 불쾌한 심기를 드러내더니, 이내 침을 뱉으려는 듯 고개를 돌렸다. 그런데 바로 그 순간

화르르르!

버닝핸드의 바로 눈앞에 불길이 일었다.

"이곳은 신전입니다. 경건하게 행동하십시오."

그것은 금발의 사내였다. 그는 차가운 표정으로 버닝핸드를 노려보고 있었다.

"……."

버닝핸드는 그대로 굳어 버린 채 꼼짝도 하지 못했다. 그의 눈동자는 두려움을 가득 품은 채 눈앞에 불꽃을 바

라보고 있었다.

 불꽃은 진짜 그곳에 있는지조차 의심스러울 정도로, 뜨겁기는커녕 약간의 온기조차 느껴지지 않았다. 하지만 그는 알고 있었다. 마음만 먹는다면 그 불길은 자신의 온몸을 흔적도 없이 태워 버릴 터였다.

 꿀꺽!

 그는 천천히 머금고 있던 침을 삼켰다. 그리고 그제야 불길이 꺼지며 금발 남성의 얼굴에 다시 미소가 떠올랐다.

 "잘하셨습니다. 그러셔야지요. 자, 그럼 갈까요?"

 엘리베이터에서 내려 왼쪽 가장 첫 번째 방. 그 문을 열자 펼쳐진 것은 새로운 세상이었다. 방 한쪽 벽면을 덮은 거대한 붉은색 천에는 수많은 작은 주술 문자들로 그려진 육망성이 새겨져 있었고 그 육망성 중심에는 호루스의 눈이 새겨져 있었다. 그것은 20세기 최고의 마술사 크라울리의 상징이었다.

 상징 앞에는 붉은색 제단이 세워져 있었고 제단 위에는 황금빛 메노라 두 개가 거꾸로 서 있었다. 원래는 땅으로 향해야 할 받침대 부분은 위로 향해 있었고, 바로 그곳에 커다란 붉은 양초들이 올려져 있었다.

 "……."

 방 안으로 들어선 이들은 일제히 그 앞에 무릎을 꿇으

며 자신의 오른손을 왼쪽 어깨 위에 올려놓았다. 아무도 제단에 다가간 적이 없었지만 어느새 초에는 불이 붙어 있었다.

"……."

그들은 눈을 감았다. 침묵 속에서 경건한 기도가 이어졌다. 하지만 그들 기도의 대상은 크라울리가 아니었다. 크라울리에 대한 것은 단순한 선지자에 대한 예. 그들이 하는 기도는 바로 그 자신들의 것. 이름이 있든 없든. 실체가 있든 없든. 신이든 자신이든. 바로 그렇기에 그들은 침묵의 기도를 올리는 거였다.

"……."

먼저 기도를 끝낸 이들은 손을 어깨에서 내려놓고는 조용히 다른 이들을 기다렸다. 그리고 마침내 모두의 손이 어깨에서 내려갔다. 그들은 모두 자리에서 일어났고 금발 남성의 가벼운 손짓에 촛불들은 꺼졌다.

"자, 그러면 이제 차라도 마시면서 계획에 대해서도 상의해 보도록 하죠. 알베르트, 회의실은 어디죠?"

"아…… 예. 따라오시죠."

여인의 물음에 알베르트라 불린 금발 남성은 잠깐 머뭇거렸다. 그리고 이내 그가 안내한 곳은 바로 맞은편 방이었다. 하지만 어딘가 식당에서 주워온 것 같은 기다란 식탁에 싱크대와 작은 냉장고가 딸려 있는 그 방은 회의실이라기 보다는 초라한 휴게실에 가까웠다.

"죄송합니다. 회의실이나 기타 시설 관련된 건 협의가 되지 못했습니다."

"아니, 아니 괜찮습니다. 자자, 앉으시지요."

말은 그렇게 했지만 그녀는 적지 않게 당황하고 있었다. 아무리 디프원들의 땅이라고 해도 이 정도일 거라고는 상상도 하지 못했다.

"그럼 차는……?"

"아, 제 가방에 가져온 게 있습니다."

알베르트는 재빨리 자신의 가방 속에서 홍차를 꺼내 식탁에 올려놓았다. 아직 포장도 뜯지 않은 그것은 한눈에 보기에도 고급스러워 보였다.

"잔이랑 물을 가져오죠."

알베르트는 커피 포트에 물을 올리고는 이내 싱크대 쪽으로 걸음을 옮겨 찬장을 열었다. 그러나 그가 가져온 찻잔을 본 다른 이들은 다시 말을 잃었다.

"……죄송합니다."

하긴 식탁도 제대로 못 구했는데 제대로 된 티세트를 구해 놨을 리 만무했다. 그가 가져온 찻잔들은 죄다 가지각색이었고 하물며 받침대는 있지도 않았다.

"……."

베놈과 버닝핸드는 그 모든 것을 알베르트에게 맡긴 채 자신은 모른다는 듯 창문 너머 어딘가를 바라보고 있었다.

"……."

"……."

"……."

물이 끓고, 이후 찻물이 다 우러나올 때까지도 방 안에는 무거운 침문만이 깔렸다.

"……자아. 그러면 일단 어떻게 해야 될지에 대해 이야기해 보죠."

한참 만에서야 알베르트가 그 입을 뗐다.

"그럼 일단 지금까지의 상황에 대해 보고해 주시죠."

"예. 일단 계획대로 순조롭게 이뤄지고 있습니다. 우선 조직 내 대부분의 회원들은 모두 제시간에 본부에 도착했고 멸망을 피했습니다. 지원금을 대주던 외부 회원들은 시간을 맞추지 못했지만, 뭐 이제 와서 투자자 따위는 의미가 없겠죠."

"시간을 못 맞춘 건지, 못 맞추게 한 건지 모르겠군."

베놈의 얼굴에 묘한 미소가 그려졌다.

"……."

하지만 알베르트는 그 의미심장한 미소를 보고서도 못

본 척 다시 보고에 집중했다.

"본부에서는 디프원들에게 최대한 협력하라고 했습니다. 최소한 우리가 준비될 때까지는 말이죠."

"훗. 이깟 물고기들 따위의 도움이 그렇게 필요한 거야?"

"버닝핸드. 디프원들을 무시하면 안 됩니다. 이들 개개인의 능력이야 그리 뛰어나다고 할 수는 없지만 이들이 따르고 있는 크툴후는 아주 강력한 존재입니다. 크툴후의 이름 아래에 있는 것만으로도 얼마나 많은 쓸데없는 위험들을 피할 수 있는지 당신은 아마 상상도 하지 못할 겁니다."

알베르트의 그 말에 여인 또한 동의했다.

"맞습니다. 우리 아르카나는 그들에게 힘을 빌려 주고, 그들은 우리 아르카나에게 크툴후의 이름으로 보호를 약속한다. 실제로 이 협정 때문에 우리가 멸망을 피할 수 있었던 것 아닙니까."

"하지만 영 기분 나쁘다고."

"어쩔 수 없습니다. 여러분도 느끼고 계시겠지만 신들이 떠난 뒤 이 세계의 힘의 흐름은 조금씩 달라지고 있습니다. 이대로 시간이 흐르면 언젠가 우리의 힘도 약해지거나 사라질 수 있어요. 지금은 그것이 준비가 될 때까지 또 다른 신들의 이름 아래에서 숨을 죽이는 수밖에 없어요. 그리고 또 다른 신들 중 우리를 필요로 하는 신은 오직 크툴후뿐이고요."

"제길."

"모든 것은 우리 아르카나의 숙원을 위해서입니다. 그때까지는……."

똑똑!

갑작스런 노크 소리에 그들은 말을 멈췄다.

"예! 무슨 일이시죠?"

알베르트의 물음에 갑자기 문이 열렸다. 들어온 것은 아까 입구에서 본 그 직원이었다.

자세히 보면 그의 외모는 조금 특이했다. 목 주변에 패인 기이한 주름과 긴 얼굴 윤곽에 툭 튀어나온 촉촉한 파란색 눈. 납작한 코와 움푹 들어간 이마며 턱, 생기다 만 귀의 생김새. 어딘가 사람보다는 물고기를 떠올리게 만드는 얼굴이었다.

"곧 시간이 됩니다. 내려가셔서 의식에 참여하시지요."

다소 갑작스럽고 무례한 듯한 태도였지만 알베르트는 고개를 끄덕였다.

"알겠습니다."

"주문은 알고 있겠지요?"

"알고 있습니다. 협약에 따라 본부에서는 멸망 전부터 외우고 있으니까요. 훈구루이 무구루우나후 크툴후 르 리에 우가후나구루 후타군. 맞지요?"

〈2권에서 계속〉

FINAL MYTHOLOGY 파이널 마솔로지

1판 1쇄 찍음 2012년 7월 11일
1판 1쇄 펴냄 2012년 7월 13일

지은이 | 김지환
펴낸이 | 정 필
펴낸곳 | 도서출판 **뿔미디어**

편집장 | 이재권
기획·편집 | 심재영
편집디자인 | 이진선
관리, 영업 | 김기환, 임순옥

출판등록 | 2002년 9월 11일 (제1081-1-132호)
주소 | 부천시 원미구 상3동 533-3 아트프라자 503호 (우)420-861
전화 | 032)651-6513 / 팩스 032)651-6094
E-mail | BBULMEDIA@paran.com
홈페이지 | www.bbulmedia.com

값 8,000원

ISBN 978-89-6639-778-5 04810
ISBN 978-89-6639-777-8 04810 (세트)

※파본은 구입하신 서점에서 교환하여 드립니다.

※이 책은 (도)뿔미디어를 통해 독점 계약되었습니다.
저작권법에 의해 보호를 받는 저작물이므로 무단 전재와 무단 복제를 엄금합니다.

http://www.bbulmedia.com